無職轉生
到了異世界
就拿出真本事
15
Rifujin na Magonote
理不尽な孫の手
Kadokawa Fantastic Nov

魯迪烏斯
克里夫
希露菲葉特
人物介紹

奧爾斯帝德
艾莉絲
基列奴
札諾巴

「讓你久等了，魯迪烏斯。」

無職轉生 ⑮

到了異世界就拿出真本事

理不尽な孫の手
Rifujin na Magonote

插畫：シロタカ

Kadokawa Fantastic Novels

無職轉生～到了異世界就拿出真本事～⑮

CONTENTS

「就算吃了敗仗，人生還是得繼續過下去。」

Defeat isn't shame. Compliance is significant.

著：魯迪烏斯・格雷拉特

譯：金恩・RF・馬格特

第十五章
青少年期 人神篇

第一話「日記 前篇」

自稱來自未來的我的人出現後的翌晨，睡眠不足的我用愣愣的思考接下來要怎麼做。

未來的我是這麼說的。

「和七星商量」、「寫信寄給艾莉絲」以及「懷疑人神，但別與他為敵」。

首先，寄信給艾莉絲。我已經在昨晚把信寫好。但在寄出去之前，我得先和希露菲還有洛琪希商量。根據商量的結果，說不定有必要大幅變更裡面撰寫的內容。

再來，懷疑人神但不與他為敵。這點等人神下次出現在我的夢裡，我就會向他如此宣言。

最後，找七星商量。雖然我想立刻這麼做，但這麼荒誕無稽的事情，她會相信嗎？不對，她也是穿越者。儘管聽起來像是天方夜譚，但是她有相同的經歷，應該會願意相信。

不過，在做這些事之前，更重要的──是日記。未來的我帶來的日記。

我不清楚上面究竟寫了什麼。老實說，我不敢確認內容。但是，也不能就這樣置之不理。因為這本日記，是那名老人所走過的痕跡。

日記相當老舊，封面滿是刻痕，一開始的頁數也已褪色且破爛不堪，但並非看不清內容。

於是我下定決心，翻開了這本書。

日記

魯迪烏斯・格雷拉特

我打算從今天開始撰寫日記。
不過話說回來，這十天真是出了不少事啊。
像是佩爾基烏斯、塞妮絲。
召喚魔術還有轉移魔術。
要忙的事情很多，所以我打算趁還沒忘記，把各式各樣的東西先寫下來。

愛夏一早就悶悶不樂地說「有奇怪的老鼠死掉了」。
她討厭老鼠嗎？

聽說附近發現了罹患魔石病的貓。
真可怕。
先叮嚀家人要徹底洗手漱口吧。

想不到艾莉娜麗潔居然懷孕了。
克里夫看起來很不安，不過艾莉娜麗潔倒是很開心。
大家姑且還是一起祝福了他們。
像這種時候就是要好好熱鬧一下。

到這裡為止所寫的日記，內容還算普通。

像是由佩爾基烏斯教導召喚魔術、和札諾巴一起在空中要塞到處欣賞藝術品、或是發現洛琪希在床上的弱點、露西的睡臉就像天使一樣，將來肯定會是個美人胚子之類，每天似乎都過得相當愉快。

一開始還寫上了日期，但寫到一半就沒再繼續寫了。

大概是因為覺得麻煩吧，所以我不清楚途中到底經過了幾天，但從老人說過的話來看，恐怕是在兩週以內。

然而，從這裡開始，狀況急轉直下。

洛琪希倒下了。
最近她有說過自己身體不舒服，但終究還是發燒了。
我先聯絡了校方，說她這陣子要暫時請假。
我甚至試過上級解毒，但沒有效果。
想必又是什麼疑難雜症吧。得趁早請克里夫來幫忙看看。

洛琪希的腳尖開始變成紫色的結晶。
我立刻通知克里夫，請他用識別眼確認。
病名是「魔石病」。是只能用神級解毒魔術才能根治的絕症。

為了取得解毒魔術的詠唱，我決定用轉移魔法陣前往米里斯神聖國。
成員是我、克里夫以及札諾巴三人。
儘管希露菲也想同行，但我還是拜託她幫忙看家。

我們抵達了米里希昂。
神級詠唱似乎位於大聖堂的最深處。
克里夫好像知道地點在哪，但保管的地方據說只有大主教級別的人才能獲准進入。
因此，我們決定趁夜深人靜時偷偷潛入。只要在那裡抄寫詠唱再回來即可。

我們成功侵入。
然而，我們萬萬沒料到神級的解毒詠唱居然是像字典一樣厚重的書冊。
要當場抄寫下來是不可能的，於是我們帶了出去，但卻在脫逃途中被人發現。
現在我們正在躲避追兵。

我們在轉移魔法陣遭到奇襲。由於受到戰鬥波及，轉移魔法陣損壞，再也無法使用。
克里夫中毒倒下，昏迷不醒，性命垂危。
……我第一次殺了人。手上還殘留著觸感。感覺很噁心。
可惡。

我們決定移動到其他魔法陣。
克里夫依舊沒有恢復意識。而且我們還遭到通緝，整個米里斯神聖國貼滿了我們的肖像畫。
看來我們已徹底與米里斯教團為敵。

克里夫死了。
暫時不想寫任何東西。

總算設法抵達了其他的轉移魔法陣。就差一點了。

晚了一步。
我今天不想再寫任何東西。

我決定把昨天的事寫下。
我們在城鎮入口遇見了艾莉絲和基列奴。艾莉絲不知在鬼叫什麼，但是我說自己已經有兩名妻子，沒辦法再應付妳之後，她就露出不知所措的表情離開了。
基列奴在最後留下的輕蔑視線讓我很不愉快。當我趕回家後，每個人的表情都一臉沉重。洛琪希的身體有一半化成結晶，她死了。詠唱沒有派上用場。
後來，我向艾莉娜麗潔傳達克里夫的死訊。艾莉娜麗潔打了我一巴掌後，就哭著不知道跑哪去了。好無奈。

我們舉辦了洛琪希的葬禮。
做什麼都提不起勁，只有眼淚不斷流下。感覺什麼事都無所謂了。

艾莉娜麗潔好像從鎮上離開了。
明明還懷有身孕，她到底是去哪裡了？算了，與我無關。

希露菲想要幫我打起精神，然而我內心始終無法釋懷。
因爲洛琪希已經不在了。那個洛琪希不在了。無論做什麼都全力以赴的洛琪希。那個把我帶出家門，在保羅死去的時候也溫柔安慰我的洛琪希。成爲我行動指標的那個洛琪希。

最近我感覺自己老是在喝酒。
要是不把自己灌醉，我總是會想起洛琪希，暗自啜泣。儘管希露菲説我不能再這樣下去，但她又懂什麼了。洛琪希她……可是教導了我重要的事情啊。

現在我要是在家喝酒，莉莉雅就會開始斥責我。於是我決定在外頭喝酒。
在酒館喝酒的時候，艾莉絲偶爾會跑來糾纏不休。自顧自地講一堆話，然後痛毆我一頓。
搞什麼啊，那個女人？基列奴也是，爲什麼不阻止她？
然後，最近諾倫都不跟我説話，總是以輕蔑的目光看著我。
根本沒有人了解我的心情。

最近，希露菲會明顯地誘惑我。説什麼要藉由抱她來忘記洛琪希……由於她實在太過煩人，我只好對她大發脾氣。聽了那種不經大腦思考的話，我怎麼可能還抱她，不過，原因不只這樣。要是現在抱了希露菲，我肯定會很粗魯地對待她。作爲洛琪希的替代品，作爲用來發洩情緒的對象。
我認爲……不應該這麼做。

我搞砸了。

在酒館喝酒的時候，有妓女跑來找我搭話。趁著一股酒勁，我直接跑去旅社開了房間。畢竟是出來賣的，技巧果然非常老練。該怎麼說呢，至今我以爲是女人而抱過的對象，充其量也不過是少女罷了……

不，那種事情無關緊要。

問題是我惹希露菲哭了。她看到我帶著女人的氣味回家，就說「爲什麼我就不行呢……」，然後就哭著跑回房間把自己關在裡面。

我被莉莉亞訓了一頓，就連愛夏也明顯地皺起眉頭。

現在我依然能聽見門內傳來的哭啼聲，然而就算敲門也沒有任何回應。

搞砸了。她說不定是認爲就算被粗暴對待也沒關係，只是希望讓我能宣洩傷痛。

明天就向她道歉吧。

希露菲不理我。該怎麼辦？

這種時候，要是艾莉娜麗潔在的話……

希露菲不見了。

早上起床後，房間已空蕩蕩的。正確來說，只留下了我給她的衣服還有裝飾品。莉莉亞命令我立刻追上去。

但是，我有資格去追她嗎？

像我這樣的男人，希露菲想離婚是理所當然的吧？

正當我猶豫不決的時候，塞妮絲打了我一巴掌。她一句話都沒說，只是一而再，再而三地賞著我巴掌。彷彿就像是要糾正我現在的行動。

我決定去追希露菲。

試著收集情報之後，得知希露菲好像已經跟隨愛麗兒動身前往阿斯拉王國。

明明離畢業還有幾個月的時間，爲什麼他們會這麼突然就採取行動？

雖然不知理由爲何，但搞不好是阿斯拉本國出了什麼狀況。我也決定趕緊行動。

我又遇見了艾莉絲。她莫名其妙地說什麼「現在倒是可以原諒你」之類的話。

一發現我沒心情理會她後，就突然對我飽以老拳。被逼到這樣，我也實在是忍無可忍，所以我用魔術把她轟飛，結果她就拔劍砍了過來，我也只好逃了。

艾莉絲，妳明明拋棄了我，為什麼事到如今才……

我被困在大雪之中。

希露菲會不會已經穿越大雪地帶了？我的內心越發焦急。

我總算抵達阿斯拉王國，但麻煩的是國境拒絕讓我入境。

被米里斯教團通緝的我，在阿斯拉王國似乎也被當作罪犯看待。

眼看差點被逮捕，我慌張地逃了出來。接著必須設法找到偷渡入國的方法才行。

我成功聯繫到盜賊公會。

這類組織隨處可見。我在這群盜賊裡面似乎算是話題人物，他們都對我投以景仰的眼神。因為我從米里斯神聖國偷走神級詠唱，是時下倍受關注的盜賊。

說明緣由之後，他們決定派一名叫作朵莉絲的女盜賊幫我帶路。

我唯一不安的點，是和這樣的女人在一起是否會遭到希露菲誤解。

我進入了阿斯拉王國。

為了遮住臉，我決定披上兜帽，戴上面具。另外還追加設定，從今天起，我的名字就叫魯德．洛奴曼，由於身上的詛咒，使得我一旦被人看到長相就會石化。洛奴曼是從巴榭蘭特出外打拚的魔術師，這次是拜託表妹朵莉絲帶我參觀此處。

為我設想這麼多，實在不勝感激。

我得到消息指出，國王目前因病命在旦夕。
據說王子們正因要由誰來繼承衣帛而展開了權力鬥爭。
想必愛麗兒就是爲此才提早回國。

就快抵達王都了。
然而，關於愛麗兒的傳聞盡是些充滿火藥味的話題。
像是在聚集兵力，打算要引發政變之類。
以輿論來看，她似乎沒有任何勝算。不過，我想愛麗兒也不至於如此愚昧。
這不過只是傳聞。

抵達王都了。
我委託朵莉絲收集情報，自己跑去酒館，卻在那目擊到艾莉絲的身影。她甚至追我追到這種地方嗎？不，不可能。她的故鄉原本就是阿斯拉王國。單純只是要去的目的地相同吧。

愛麗兒似乎隱藏了自己的行蹤。當然，路克和希露菲也是。
我能找到他們嗎？

找不到。
根據朵莉絲的猜測，他們已經從王都移動到其他城鎮。愛麗兒有可能會去的地方……應該是路克的老家。明天就向朵莉絲提議去一趟諾托斯家治理的領地吧。

我們來到了皮列蒙·諾托斯·格雷拉特治理的米爾波茲領地。
也順便取得了情報，得知愛麗兒目前正藏匿在諾托斯家。
但是，我該怎麼做才能見到希露菲……就潛入看看吧。

潛入諾托斯家後，發現艾莉絲不知爲何在那，被她狠狠地修理了一頓。
我被抓進了地牢，有個只有外表神似保羅，自稱皮列蒙的男人口出惡言羞辱我。
看樣子，他似乎以爲我打算奪取諾托斯家。他放話說要在明天把我處刑，將首級獻給米里斯教團後就離開了。
後來我逃了出來……但是並沒有在皮列蒙的宅邸內找到愛麗兒。

在王都爆發了政變。
愛麗兒躲在米爾波茲領地的流言是空穴來風。她似乎一直潛伏在王都伺機而動。
我能趕上嗎？

還有一天就會抵達王都，然而我卻聽到消息，政變已經遭到鎮壓。
愛麗兒毫無任何計畫，就想同時殺害第一、第二王子，結果正好被當時招攬爲劍客的水神以及北帝兩人攔阻，手下全滅，愛麗兒本人被逮，據說會在日後處刑。
手下全滅。
全滅……
希露菲呢……？

……我已經受夠了。
爲什麼……會變成這樣……

我打算寫下前幾天的那件事。
愛麗兒手下的屍體，被掛在王都角落的處刑場用來示眾。
屍體裡面有路克……還有希露菲也在。
希露菲的屍體少了一條手臂，臉上殘留著深深的砍傷痕跡。有好幾個人都對他們扔石頭。民眾把希露菲視爲擾亂王都和平的罪犯對她扔著石頭。每當石頭一扔，啄食屍體的烏鴉就會展翅飛起。我實在忍無可忍，就用火魔術把希露菲他們都燒了。把礙事的傢伙也全都燒了。
這種國家，乾脆毀滅算了。

我猛然挺起身子。

心臟拚命狂跳，腦袋一陣暈眩，看得好難受。我不想再看下去了。

我真的非得看裡面的內容不可嗎？為什麼我在看這種東西？

「嘔……」

好噁心。這一定是那個老人的妄想小說。肯定沒錯。

我根本沒有辦法想像會有這種未來存在。我是這樣盼望的，但是……

「……」

我必須要看下去。預先得知未來，一定會為我帶來幫助。

然而，儘管我抱著這種想法盯著日記，卻始終沒有勇氣翻開書頁。

好噁心。那本日記的後續還會寫著什麼樣的難受經歷？一想到這點，胃就開始翻攪。

「稍微……休息……」

我步履蹣跚地跨出房門，朝著廁所走去。

我吐了，淚水也跟著奪眶而出。或許因為那是自己所寫的文章，讓我可以清楚想像出自己在當時究竟是抱著什麼樣的心情。

洛琪希死去時的悲傷。希露菲離家出走時的焦躁、灰心喪志。決定追上去時的心情。還有，看見希露菲屍體時的失落感。

「嗚嘔嘔……」

我把臉一頭塞進馬桶，把一切宣洩而出。吐到胃裡一乾二淨。
然而，我卻沒有食欲。今天應該不用吃任何東西吧。
我用水漱口後離開廁所，便看到希露菲一臉擔心地站在眼前。
「魯……魯迪。你怎麼了？沒事吧？」
及肩的白髮，穿著有些單薄的平日便服。
我的腦海裡浮現出剛才想像的光景，她臉上有傷，失去了手臂，遭到殺害，變得冰冷，曝屍街頭……
「哇！怎麼了？」
我一語不發地抱緊希露菲。她的身體既柔軟又溫暖。
「魯迪，和阿托菲的那一戰，對你造成了那麼大的陰影嗎？」
「……嗯。」
「真拿你沒辦法……好乖好乖。要是難受的話，我隨時都會安慰你喔。魯迪沒有那麼堅強，這點我可是很清楚的。」
希露菲稍微踮起腳尖，溫柔地拍了拍我的背部。
「要是難受的話，隨時都會安慰你」是嗎？未來的我居然無視了這句話。
「嗯。希露菲，對不起。」
「沒關係啦。」

「我啊，說不定會在非常難受的時候，把希露菲撂在一旁，對妳說些難聽的話。」

「咦……你怎麼突然這麼說？」

「可是，請妳不要離開我身邊。」

「那個……到時候，我或許也會稍微鬧脾氣，對魯迪比較冷淡，甚至可能會跟你吵架……

不過，我們可以和好對吧？」

「嗯。當然可以。嗯，我們會和好的……」

希露菲真是溫柔。可是我居然會背叛這麼溫柔的女孩。

「那個，魯迪。你摸我屁股的動作很下流耶。」

「……不能摸嗎？」

「反正也不會少塊肉，是可以啦……哇！」

得到愛妻的許可，我直接抱起希露菲。

目的地是寢室，但我並不是打算做什麼色情的事。只是想稍微兩個人獨處，卿卿我我一下。

該怎麼說，就像是想要奪回失去的事物。雖然我還沒有失去啦。嗯，我自己也不太清楚。

一定是因為看了那本日記，才讓我變得如此多愁善感吧。

我一邊這樣胡思亂想，一邊讓希露菲治癒了我的心靈。

當洛琪希回家後，我便纏著她不放。

她坐在沙發上，而我與她比鄰而坐，玩弄著她的辮子前端。

「怎麼了嗎？」

直到她這麼問為止，我都坐在她旁邊忸忸怩怩。

「那個，洛琪希。要不要稍微聊個天？」

「我們平常不是都有在聊天嗎……還是說你有什麼特別的話要說？」

「不，我是想要像那種……更加卿卿我我的感覺……」

「哎……好啊，是可以，但今天不可以做那種事喔。」

「是。我只是想稍微跟妳膩在一起而已，不行嗎？」

「並不是不行。」

洛琪希坐在我的大腿上，把頭輕輕靠在我的肩膀附近。

我摟住她的肩膀，在極近距離凝視著彼此。話雖如此，我也沒有話題可以主動聊起。

「呃，妳今天一天過得怎樣？」

「沒有怎樣。就和平常一樣……頂多是校長的假髮被學生惡作劇弄飛而已吧。」

「噢，那我倒是有點想看。」

「然後——」

洛琪希工作了一整天已經疲累不堪，即使如此她還是願意陪著我。

我們閒聊著無關緊要的話題嘻嘻地笑著，當我不由自主地想要撫摸她的屁股時，卻被用力

地拍了一下。即使如此，當我說想貼得更緊一點後，洛琪希還是回說「真拿你沒辦法呢」允許了我。

後來我們一起進浴室洗澡，幫洛琪希擦擦背揉揉肩膀。

我就像個小孩似的對洛琪希盡孝道。

「今天的魯迪有點那個呢。是不是有什麼事情讓你難過？」

「不不不，沒有啦。我只是想重新確認『洛琪希能活著真是太令人開心了』而已。」

「這樣啊……也對，在轉移迷宮那時，我還以為自己真的要死了。你就盡情地確認吧。」

洛琪希泡在浴缸裡，坐在我的大腿上這樣說道。

我一邊揉著她那纖細的肩膀一邊問道：

「洛琪希，妳最近身體有什麼變化嗎？」

已經不會感染魔石病了。我是這麼想的，但不能保證只要收拾那隻老鼠就萬無一失。因為未來的我的研究結果也有可能出錯。

「嗯？我很有精神啊。為什麼這麼問？」

「不是啦，因為我希望洛琪希能夠長命百歲嘛。」

「考慮到種族壽命的話，我可是比魯迪還要長壽呢。魯迪才是，請你要長命百歲喔。」

「那是當然。」

說完這句話後，洛琪希開心地對我莞爾一笑。總之現在似乎沒問題。

希露菲和洛琪希她們倆都還活著。不能演變成像那本日記寫的一樣。我絕對要避免這個未來發生。

我如此下定決心，再度湧起了繼續看日記的幹勁。

我已做好覺悟。

第二話「日記 後篇」

隔天。我決定繼續把日記看下去。

話雖如此，看起來從希露菲死後，未來的我好像有段時間沒有動筆寫日記。

紙質從昨天看到的地方開始起了變化。日記應該中斷了一年或是兩年，甚至更長的時間，搞不好有五年或是十年以上……

我不清楚這段期間發生了什麼事。只不過日記的內容變得相當輕浮。像是在鎮上看到的小姐胸部怎樣屁股怎樣的。攻略新開幕的酒館女服務生什麼的。跑遍各大妓院，評價哪間店最好之類的。簡直就像垃圾人的日記。甚至還寫了非常不堪入目的內容。

像某一天，還把至今抱過的女人按照等級高低排序。

這個人真的是我嗎？要是希露菲和洛琪希都不在身邊，我就會變成這個樣子嗎？

總之，我似乎過了好幾年這樣拈花惹草的生活。

儘管沒有明確寫出地點，但裡面出現了好幾個我知道的店名，這裡恐怕是魔法都市夏利亞吧。

令人感到匪夷所思的，是愛夏、諾倫、莉莉雅、塞妮絲以及露西。

這些名字幾乎沒有出現。

頂多就是偶爾出現札諾巴和茱麗的名字。而且不像話的是，這時的我甚至還覬覦茱麗的美色。企圖將那個付出所有心力遵守我和札諾巴教誨的茱麗，當作發洩自己性欲的出口。

真不想承認這個人是自己。不，我的話是有可能這麼做。畢竟我長相帥氣、肉體精悍，要是還有幾個臭錢，一旦自暴自棄，確實有可能控制不了自己的下半身……

另外會提到的，就是艾莉絲。

這個時期的我，已經在四處躲著艾莉絲。她好像也住在夏利亞，每次碰面都會一臉不爽地狠狠揍我一頓。上面寫著「總有一天真想把她抓起來凌遲一頓，但要是她復仇的話可就糟了，還是離她遠點吧」。真沒出息。

不過，從日記上可以看出我對艾莉絲有著複雜的心情。

這個時期的我，應該有一點想要和她重修舊好的念頭吧。

想必是因為希露菲和洛琪希的事情，讓我無法再認真談戀愛，所以才會演變成這個局面。

感覺寫的內容和行動有些牴觸。

上面還寫到了一些危險的事情。

這個時期的我和札諾巴好像遭到米里斯教團懸賞，獎金獵人和刺客會頻繁地出現在我面前。但似乎都不是什麼大不了的對手，反而全都被我打倒……

本來我這樣想，但從其中一頁開始，日記的內容又截然不同了。

似乎又過了幾年，上面並沒寫到出了什麼事。

順帶一提，每一頁的紙質也大相逕庭，是因為動筆的日子不固定的緣故吧。

諾倫的畫冊和瑞傑路德人偶賣得非常好。
另外，由於魔法大學的協助，我的無詠唱魔術將要正式納入課程。
米里斯神聖國透過阿斯拉王國，向拉諾亞王國提出引渡我的要求，但只要我還有利用價值，想必魔法三大國是不會答應的吧。
要是在中央大陸開戰，只要有赤龍山脈，對於進攻的一方來說便是壓倒性的不利。
阿斯拉王國好像還不知道我就是把首都的一部分燒燬的犯人。一群愚蠢的傢伙。盡是些垃圾。

札諾巴的自動人偶已經接近完成。比想像中花費了更多時間。
然而，當初的雀躍感卻已蕩然無存。
為什麼我會做這種事情啊？

自動人偶完成了。
做得和希露菲如出一轍的自動人偶。她擁有自己的思想，會自己思考並付諸行動。
順帶一提，無論我說什麼她都會言聽計從。
既順從又耿直，嫉妒心也有些許強烈，彷彿就像是在看著從前的希露菲。
可是，這不是她，這並不是她……

我破壞了希露菲人偶。
原本以為札諾巴會動怒，他卻反而向我道歉。該過意不去的人是我才對。
我對札諾巴實在是感激不盡。
唯獨這傢伙，我是絕對不會背叛他。

製作了和希露菲以及洛琪希不同的人偶。
這具個體由札諾巴命名為芙蒂。
我問他為什麼取這個名字，他得意地說因為這是他第十四號傑作。

我們決定量產芙蒂的姊妹機，出售給魔法三大國。

有國家當忠實顧客是件好事。儘管不知道會在軍事用途上派上多大用處，但畢竟是我和札諾巴的技術結晶。肯定比平庸的騎士和冒險者還強。

不過話又說回來，這樣一來就沒事可做了。

接著要研究什麼好呢？不知為何，感覺久違地湧起了一股幹勁。

唔嗯，札諾巴的研究好像會完成。

不過上面並沒有寫到那份理論。是把研究報告另外整理在其他地方嗎？

要是有寫到研究內容，研究進度應該也會有突破性的進展……不，也不需要吧。反正現在札諾巴正樂在其中，這種過程也很重要。

本來我這樣想，內容卻從下一頁開始有了劇烈變化。

另外，也只有這一頁因為淚水的痕跡導致頁面變得皺巴巴。

人神出現在我的夢裡。

肩膀上還殘留著那傢伙的手部觸感。

我好恨，好恨那傢伙。

我必須變強才行。

一定要殺了人神。我非做不可。要是不殺了那個下三濫，洛琪希，還有洛琪希的孩子都無法瞑目。

而且，也難消我心頭之恨。

話說回來，離開家裡的莉莉雅她們過得還好嗎？

不知道露西成長為什麼樣的孩子了。是否很像希露菲，成為一個美人胚子了呢？

她有好好用功讀書嗎？有好好吃飯嗎？

……為什麼我在希露菲死後，沒有好好地盡到責任呢？

只有愛夏願意回來我身邊照顧我……事到如今就算寫這些也無濟於事。我好後悔。

要朝什麼方向變強才好？

鍛鍊魔術？尋找會用王級、帝級魔術的魔術師嗎？

不，照目前的模式來看，聖級以上的魔術只是規模更大，不太適合在戰鬥中使用。

儘管也有像電擊那樣的例外，但以現狀看來，我並不缺攻擊手段。

問題在於防禦和攻防應對這方面，我無法在身上纏繞鬥氣，在速度和防禦這方面會略遜一籌。

該怎麼做才好？

某份文獻上提及了鬥神。

據說鬥神身穿黃金鎧甲，能藉此將自己的身體能力增幅數倍。

我找札諾巴商量這件事後，他提出一個主意。就是把「札里夫義手」覆蓋全身。

仔細想想，雖然我無法纏繞鬥氣，只要把魔力注入義手，就可以發揮超越平時的威力。

外部裝甲就由我能施展的最高硬度土魔術製作，再用成品作出足以覆蓋全身的鎧甲……好。

在札諾巴的協助之下，完成了我專用的全身鎧甲。

高度超過兩公尺，成品的尺寸相當龐大。而且魔力的消耗量過於巨大，除了我以外沒有人能駕馭。就算是我，肯定也無法連續穿著使用好幾天。有一半算是大型垃圾。

如果克里夫還活著，說不定能完成更具效率的鎧甲……

就算說這些也於事無補。

總而言之，我效法某個遊戲，將其命名為「魔導鎧（Magic armor）」。

從這裡開始，我變強的故事就此展開。

魔導鎧——藉由將札里夫義手覆蓋全身，讓我獲得與列強匹敵的威力、速度以及防禦力。日記上提及，儘管能全力運轉的時間頂多半天就是極限，但就算是以三十％程度的出力也不會輸給泛泛之輩。

這是想像力的勝利。

從上面寫著鬥神也裝備著類似的鎧甲這點看來，應該是以前就有的理論吧。

……魔導鎧啊，我也想要一套，只是不知道以目前的研究進度是否做得出來。

不對，管他做不做得出來，就做吧。

不過話說回來，我還想說怎麼幾乎都沒出現其他家人的名字，原來是離家出走了。諾倫還說得過去，但想不到就連莉莉雅也對我失望。

我到底是有多……不對，雖然沒有詳細提及，但也有可能是考慮米里斯會派出刺客才這麼做。嗯，沒錯，就是這樣。

算了，現在開始也不遲，今後我得好好對待家人。

嗯。我記得今天是諾倫會回家的日子。那麼，偶爾就大家一起到外頭吃頓飯吧。善待家人這檔事，何時做都不嫌晚。

「哥哥～午飯煮好嘍～一起來吃吧！」

此時，愛夏的聲音從背後傳來。我從椅子上挺起身子打開房門，出現在眼前的是穿著女僕服的活潑妹妹。嘴角還沾著少許醬料，或許是剛才試味道時沾到的吧。

「妳的嘴巴沾著醬料喔。」

我拿出手帕，幫愛夏擦了擦嘴巴。

「唔～謝謝。」

愛夏露出燦爛的笑容。

就算我變成一個無可救藥的人渣之後，這傢伙好像還是願意回來照顧我。老人雖然沒有提到愛夏，但既然是身邊唯一的家人，肯定是他的心靈依靠。

「愛夏，我問妳，妳有沒有想要什麼？」

「咦？怎麼突然這樣問？」

「我想說妳總是那麼努力，該送點什麼獎勵給妳。」

「咦～那怎麼行～只送我的話對諾倫姊不好意思啦……不過，我前陣子看到了很可愛的髮夾喔～使眼色。」

不要把使眼色直接講出來啊。到底是在學誰啊？啊，大概是我吧。

「好吧。那下次一起去買吧，要對諾倫保密喔。」

「咦！」

愛夏誇張地扭著身體，擺出大吃一驚的姿勢。

「怎麼了怎麼了？哥哥你到底怎麼了？你有什麼目的嗎？啊！難道是在覬覦我的肉體！我

今晚要把身體洗乾淨後再去寢室拜訪比較好嗎，老爺！嗯哼！」

「好了好了，總之先吃飯吧。不然菜都要涼了。」

「好～」

經過這樣的談話後，我移動到餐廳。

儘管洛琪希和諾倫不在，但像這樣和家人一起吃飯，讓我感覺莫名美味。

我坦白地說出比平常還要好吃後，莉莉雅莞爾一笑。

吃完中餐後，我繼續閱讀日記。

未來的我在世界各地旅行，同時尋找前往人神所在處的方法。

在旅程途中，我遇上了各式各樣的傢伙，並對情報之少感到錯愕不已。

後來我注意到了一個法則，活得越長命的傢伙，就越有可能知道關於人神的情報。之後我就以長壽的傢伙為中心尋找。

然後，我不斷地鍛鍊魔術，開發魔術，逐步讓自己變強。

操控重力的魔術、操控電的魔術、操控聲音的魔術，甚至連治癒魔術也達到聖級水準。我下了一個結論，魔術是萬能的，只要掌握感覺就無所不能。只可惜裡面完全沒有提及具體方法。

另外這部分的日記也透露老鼠是魔石病的帶原體，以及希露菲的死有可能是人神從中作梗。

乍看之下一帆風順。

然而，除此之外卻無法再獲得更多情報，讓未來的我逐漸變得自暴自棄。

當時的我，似乎不算什麼好人。

所到之處經常引發爭執，打贏雜兵之後，還會瞧不起對手，輕蔑對手。

而且肆意妄為，甚至還會強姦偶然路過的女人。

以年齡來說應該也已經老大不小啊……我實在不想變成這樣。

還有，艾莉絲會頻繁出現在自己眼前。她似乎屢次主動和在世界各地旅行的我接觸。

艾莉絲很強，我吃了好幾次敗仗。

雖然從文章上看不出來，但是艾莉絲或許是想要勸戒變成人渣的我。可是，我卻開始把妨礙自己的艾莉絲視為人神的爪牙或是其他的什麼。

擅自認為艾莉絲之所以妨礙我，是因為我對人神來說是礙事的存在。

認為艾莉絲肯定是遭到人神操控。

繼續把日記看下去後，發現我開始逐漸憎恨起艾莉絲。

明明沒有任何證據，我卻僅憑假設單方面斷定這個推論，把帳算在艾莉絲頭上。

後來，艾莉絲也漸漸地贏不了我。不知是我變強，還是艾莉絲到了這個年紀也衰退了。從文章上難以判斷。

最後，那個時刻來了。

艾莉絲哭了。

上次看到她哭是什麼時候來著？

我說不定做得太過火了。那傢伙會不會和人神沒有任何關係？

不，可是……這樣一來，就無法說明為何她從希露菲死後直到今天總是一味地來妨礙我。況且在審問的過程中，她不只一次把嘴巴抿得死緊。

她肯定知道些什麼，絕對錯不了。

被艾莉絲逃走了。

手銬上留有被咬過的痕跡。那傢伙的牙齒是鋼製的嗎？

可惡！

明天，我要晉見阿托菲。

雖然我不認為那個滿腦子肌肉的笨蛋知道些什麼，但不死魔族十分長壽，因此她很有可能知道關於人神的情報。

就算要把她打個半死也要問個水落石出。

艾莉絲死了。

基列奴為此痛斥我。真是莫名其妙。

來整理一下昨天的事情吧。

我還是和阿托菲打起來了。這場戰鬥的對手是阿托菲以及阿托菲親衛隊所有成員。

我認為會有勝算，但果然還是遭到穆亞妨礙，是我徹底大意了。我明明深知穆亞這個男人是個十分幹練的魔術高手。都怪我把注意力完全放在阿托菲身上。

當我被逼上絕境，艾莉絲此時突然跳入戰局。然後，她保護了我，因此喪命。

至於理由，是基列奴告訴我的。她告訴我自重逢的那天，直到今天所發生的所有一切。

艾莉絲只是想要待在我的身邊。我一直……一直都誤會她了。那傢伙，原來一直喜歡著我。

她就只因為這個理由而一直纏著我。

是騙人的吧。

這部分沒有寫得那麼詳細，但和我從那老人聽到的內容一樣。
……我果然也該和艾莉絲結婚嗎？總覺得……該怎麼說，我應該要讓她得到回報。可是要開口說這件事需要勇氣啊。我姑且是有先跟希露菲提過可能會變成這樣啦……
不，總之也只能商量了。先等有了共識之後再寄信吧。
這件事就等今晚洛琪希回來時再進行，先繼續看下去。
從這裡開始，又暫時沒有寫到什麼實質的事情。只是輕描淡寫地描述自己移動到哪去，在哪和誰碰面，和誰戰鬥了這種事情。
在交手過的對手之中，也包含了水帝以及北帝這樣的高手。
只不過打敗對手這件事本身似乎已經無關緊要，並沒提及詳細經過。僅僅留下「殺了○○。這傢伙也不認識人神」這樣一句話。
然後，時光再次飛逝。
下一段長文，很明顯寫在紙質不同的地方——

札諾巴死了。
神殿騎士團在不知不覺間就侵入了拉諾亞王國。
當我趕到的時候，一切都太遲了。房屋遭到燒燬，札諾巴在地下室的門口被燒成焦炭，金潔和茱麗，還有麻煩札諾巴照顧的愛夏，她們躺在門後，全身都是刀傷。
我把還在拉諾亞王國的神殿騎士團趕盡殺絕了。
然而，就算殺了他們，也已經沒有任何意義。
札諾巴始終爲了我盡心盡力，爲什麼我在那傢伙危機的時候卻沒有陪著他？我究竟是爲了什麼才獲得這樣的力量？
我，太無力了。
結果，大家都死了。
活下來的，只有我一個人。身邊已經沒有任何人了。我沒有保護到任何人。

都是人神的錯。
至少，我必須要殺了人神……

內容突然沉重起來。
連札諾巴和愛夏都死了嗎……太難受了。
但即使如此，這個我還是沒有去找過家人嗎？
也對，畢竟事到如今，他或許也不知道該用什麼臉去面對露西。
……還是說，在這本日記沒有寫到的地方，莉莉雅她們也已經死了？
連諾倫的名字也沒有出現，這表示……不，別亂想了。沒有寫的事情代表沒有發生，我就這樣想吧。不過話又說回來，札諾巴的死看起來似乎和人神沒有關係……
這個時期的我，視野似乎已經變得相當狹隘，後來，我宛如發了瘋似的開始尋找人神。變得比至今為止更加凶殘，就像是要把礙事的人趕盡殺絕般。
然後，我終於發現了。

我好興奮。
這裡是貝卡利特大陸的內地。我在據說從未有人踏足過的這塊土地上，找到了某座遺跡。
這裡是古代龍族的遺跡。殘留在裡面的壁畫記述著這樣的內容。
這個世界分為六部分。
龍的世界、人的世界、魔的世界、
獸的世界、海的世界以及天的世界。
這些世界就像六個面一樣，換句話說，就是以骰子形狀連接在一起。
而其中心部位，也就是骰子的內側被稱為無之世界。當想要從其中一面移動到另一面，就必須通過無之世界才行。然而，如果不使用某種特殊方法，就無法通過無之世界。後面由於壁畫損毀無法解讀，但是在最後的最後這樣寫著：
「人神，就位在無之世界的中心。」

總算找到了。

我打算暫時逗留在這裡一陣，研究上面所寫的內容。

壁畫上面記述著為了前往無之世界的中心而進行多方嘗試，從失敗中找出方法的歷史。

所謂的召喚術以及轉移魔術，似乎是為了通過無之世界抵達其他世界的魔術所衍生出來的產物。果然還是得繼續進行這方面的研究嗎？

我徹底調查了這個遺跡裡面的東西。

看樣子，古代龍族似乎打算製作出前往無之世界的中心所需的物品。

由於這部分的壁畫早已崩塌，我無從得知那是什麼，但那東西顯然和召喚以及轉移魔術有關。

以我的知識量，無法重現記載在這幅壁畫上的召喚魔術。

說到召喚，就讓人想到佩爾基烏斯。那傢伙對召喚術很有研究。

去問那傢伙的話，說不定可以知道些什麼。

佩爾基烏斯什麼都不知道。

說起來，那傢伙甚至連人神是什麼也不清楚。只知道拉普拉斯聽到人神這個詞會後會異常激動。

這樣一來又回到原點了。

拉普拉斯似乎知道人神，但他已不在人世……說不定奧爾斯帝德會知道些什麼。

關於奧爾斯帝德的情報少得可怕。就算去找感覺也見不到面。

果然還是該研究轉移魔術嗎？不過話說回來，或許是這幾十年都在持續戰鬥的緣故，身體的動作變鈍了。我說不定也快要到極限了。

不，趁著身體還能動，再去找看看其他的古代龍族遺跡吧。

這個世界是骰子，中間的空洞部分則是無之世界。而人神就如同字面上所示，位於該世界的中心。原來如此。轉移魔術之所以會讓人有種被吸入地底的感覺，其實正是因為穿過地底，通過了無之世界的緣故。雖說是在地下，但就算從地面上挖洞往下鑽，想必也不可能抵達無之世界吧？

好啦，後續又是幾年之後的事了。

真是偷懶的日記。

我發現了第二座古代龍族的遺跡。

這裡位於魔大陸的深山。古代龍族爲什麼會在如此難以尋獲又危險的場所製造遺跡啊？

這一帶盡是棘手的魔物。啊……仔細想想，佩爾基烏斯的空中要塞也算是遺跡之一吧。

算了。明天就開始攻略遺跡。

取得成果了。

我發現了幾年前尋獲的那幅壁畫的完全版。

上面記述著之前崩塌的部分，前往無之世界中心的方法。

古代龍族創造的五樣祕寶。只要使用這個，就可抵達無之世界。

……終於……我終於，快要抵達人神的所在之處了。

可是，我如今已年過六十，身體已是風中殘燭。來得及嗎？

我回到佩爾基烏斯那裡之後，釐清了一件事。

古代龍族創造的五樣祕寶，分別由五龍將各自持有，而通往世界的大門似乎要藉由龍神的祕術才能開啓。

然而，五龍將其中一人已經死亡。

他所持有的祕寶不知去向，五龍將的最後一人也下落不明。

據佩爾基烏斯所說，最後那一人將會在幾十年內現身。

那傢伙的話中別有含意，感覺有些部分讓我在意，但是卻想不起來。

最近記憶的抽屜開始變得難以開啓。佩爾基烏斯八成還隱瞞著什麼，真是令人火大。但是，佩爾基烏斯是唯一可以讓我暢談過去美好回憶的對象。

我不想殺他。

佩爾基烏斯說，奧爾斯帝德的話或許知道如何使用祕術……但是我對於他身在何處完全沒有任何頭緒。

直到最後一人現身，還得再過好幾十年。

光是這樣，就足以讓我絕望。我恐怕活不到那一天。身體已經接近極限。我感覺自己的壽命已經所剩無幾。該怎麼辦才好……我已經，沒有時間了。

我無法取得五龍將的祕寶。

無論是祕寶也好祕術也罷，都不是我能製作出來的。根本就搞不懂原理爲何。

我無法前往無之世界。

我累了。

我要孤身一人掙扎多久才行？我是爲了誰才這麼做的？感覺自己對人神的恨意越來越薄弱了。

累了。我只覺得累了。

感覺他相當灰心。

頁數已經所剩不多。換句話說，到這裡為止差不多有五十年。

沒有得到任何成果，結果只是不斷地掙扎，永遠無法抵達。就算不是我，也會累到什麼都不想思考吧。

不，如果是現在的我，說不定會在更早的階段就放棄了。

除了研究筆記之外，我打算也記錄在這裡。

在研究轉移魔術的過程中，我確立了一個假設。

「召喚魔術」，以及位於龍族遺跡壁畫上的魔術。

只要更改這兩套魔術的使用步驟，說不定就有辦法轉移到過去。

不過以理論上來說，光是要轉移到幾十秒前的過去就得消耗龐大的魔力。

要是以年爲單位傳送回去，究竟要消耗多少魔力才足夠？

我打算回到過去。

我的手邊有這本日記。只要把日記作爲起點使用，說不定就能回到動筆寫這本日記的瞬間。回到我遭到人神欺騙，把老鼠放到外頭，害死了洛琪希的那個時候。

我不知道是否有辦法成功。

也不確定轉移到過去會發生什麼事。

我也清楚時間悖論是什麼。

不安的事情很多。

會變成時空旅行，還是時空穿越？假設是時空旅行的話，我應該要傳達什麼？應該是魔石病、艾莉絲以及人神。

我能夠確實傳達嗎？

過去的我，會相信來自未來的我說的話嗎？

假設是時空穿越，我該如何面對希露菲和洛琪希才好？

我想看她們一眼，想見她們一面。想說聲對不起。

可是，一旦沉浸在幸福時光的我，被現在的我奪走意識的話……

是不是該對這部分進行更多實驗？

但是既然不知道時間悖論會引發什麼狀況，我認爲不該貿然進行實驗。

假設我回到幾天前，也有可能唯獨意識回到過去，而記憶卻被留在這個世界。

也有可能重複著沒有意義的輪迴，甚至求死不能，只得在這個世界永遠活下去……

既然這樣，那至少要見到希露菲和洛琪希，哪怕只有一次也好……

不，算了。

別想得太複雜。反正我已經一無所有，到頭來我還是一事無成，是個沒用的男人。就算因爲失敗而引發什麼問題，那也不關我的事。管他的。

可是，如果成功的話。

說不定可以把人神殺個措手不及。

讀完最後一頁，我輕輕地闔上日記。

眼前是和封面相同，滿是傷痕的封底。然而在看完全部內容的現在，我認為這些傷痕正是他長年以來使用著這本日記最切實的證據。

想必未來的我在寫完最後的日記後，立刻就轉移到我這來了。

然後他立刻就領悟自己的魔力不足。

我並不是很能理解用轉移魔術飛躍到過去的理論。況且基本上從他的描述來看，只要分批行駛時空旅行，應該就不至於導致魔力耗盡才是。

想必他已經衰老到甚至沒有意會到這一點了。

不，不對。這個時期的我，肯定對自己的魔力總量有著絕對的自信。

他應該完全沒想到會不足吧。

畢竟也不太可能從日記上就可掌握所有事情。況且我研究過的東西也未必跟他完全吻合。

尤其跟壁畫相關的事情更是令人費解。

話說回來，佩爾基烏斯的城堡地下也有壁畫。那也是古代龍族所寫的其中一種嗎？算了，那感覺和召喚好像沒有什麼關聯……簡而言之，在世界各地應該都有那種感覺的壁畫吧。

總之，我想知道的事情大致上都明白了。

為了不演變成這樣，我必須採取行動。

「我回來了。」

當我這樣想著，從玄關傳來了洛琪希的聲音。
目前我能做的，首先就是在今晚和希露菲以及洛琪希商量。
不僅是艾莉絲的事情，還有今後的事情。

第三話「覺悟」

★希露菲葉特觀點★

最近，魯迪的樣子很奇怪。
不僅整天都窩在書房，想說他走出來了卻是一臉鐵青。
他到底在做什麼呢？雖然我很擔心，但就算問了他也什麼都不說。昨天也是隨便岔開話題就把我帶到床上。他應該正在為某件事情煩惱……真令人擔心。
我試著找洛琪希商量這件事後，她說：
「希露菲也發現了嗎……畢竟魯迪就算在難受的時候也不怎麼開口……如果有什麼萬一，我們再幫他吧。」
得到這樣的回答，她果然也在擔心魯迪。

要是這種狀況持續太久，說不定我還是得主動出擊，就算稍微強硬一點也要問個水落石出。

當我下了這個決定，魯迪在吃完晚飯後有點難以啟齒地開口拜託我們。

「啊——希露菲小姐、洛琪希小姐，今晚可以來我的房間嗎？」

口氣好奇怪。魯迪想同時抱我和洛琪希時，往往都是類似這種感覺。

其實這也不算什麼虧心事，大方一點開口就好了嘛。到底在顧慮什麼呢？

無論如何，既然他都開口要求了，我和洛琪希自然也著手進行準備。

我們兩人一起去浴室幫彼此刷洗身體，噴上為了這種時候準備的香水，換上前陣子剛買的內衣褲。至於睡衣，因為比起裸露度高的，魯迪好像更喜歡柔軟且附有衣袖的款式，所以我選了這種類型的衣服穿上。

姑且也把衣服前面的兩顆釦子解開露出胸口試試吧。

雖說我沒有胸部，感覺不怎麼性感……可是，哪怕只是一點也好，還是希望他能更加疼愛我。不對，他會不會覺得我很下流呢……不會不會，魯迪不會那樣想的。不要緊，沒事的。

像前陣子我把胸口的釦子解開之後，他也想從背後偷窺裡面。

雖然早就被我發現，但他看來樂在其中，所以我也讓他盡情看個夠，結果後來就被他直接帶到床上去了。

洛琪希則是穿著一如往常的連身裙睡衣。不過好像沒有穿內衣褲。她也很主動呢……

不管怎麼樣，兩人都準備好了。我們提起幹勁前往寢室。

「……」

魯迪坐在寢室的椅子上等著我們。

我和洛琪希並肩坐在床上。

我在右邊，洛琪希在左邊，雖然沒有特別規定，但平常總是這種感覺。

平時的話，魯迪總是會露出色瞇瞇的笑容擠到我們中間，可是……

這天的氣氛卻有點不同。

他帶著有些嚴肅的表情坐在椅子上。

魯迪像是在找話題開口似的，「啊——」了一聲作為開頭，面向洛琪希。

「啊——洛琪希。」

「嗯？」

「諾倫她在學校的表現還行嗎？」

「還行嗎」這種語氣是在學誰呢？洛琪希對此也面露苦笑。

「……也沒有什麼行不行的，前幾天你不是已經問過諾倫本人了嗎？」

「我想聽聽看妳直言不諱的見解的啦。」

魯迪的語氣很奇怪，害我都要笑出來了。

「呃……這個嘛。雖然學業和劍術的成績平平，但是學生會那邊很努力。尤其是在風紀那類的活動上讓人另眼相看。儘管魔法大學有很多調皮的學生，但如果是由她出面叮嚀，大家都會聽話照辦。雖說可能是因為她是魯迪的妹妹，但其他高年級生也很仰慕她才是主要原因，沒有人會去找她麻煩。而且她似乎交友廣泛，我想應該沒有任何事情會讓魯迪擔心。」

「原來如此，謝謝妳。」

嗯，諾倫很努力呢。就我從學生會成員聽到的狀況來看，像那麼努力的孩子可說是寥寥無幾。

雖然我表現得一點都不像個稱職的姊姊……

「洛琪希妳那邊還好嗎？」

「還好是指？」

「最近有沒有什麼事情讓妳在意？呃，比方說，有時肚子餓了會偷吃點零食什麼的？」

「最近魯迪都把自己的菜分給我，我反而擔心自己是不是變胖了。」

「學校生活方面呢？」

「……學校生活很普通。不過偶爾會有學生嘲笑我個子小，不肯聽我上課。」

「妳說什麼！是打哪來的小兔崽子！居然不聽洛琪希上課，真是沒有教養的傢伙！請交給我去好好教育他們，讓他們退化到只會說 YES、是、叭噗和鏘如何！」（註：出自《海螺小姐》的波野鮭魚子，劇中他只會講這幾句）

「咦！不……不用啦。這就像是教師的試煉那一類的……不過，還是謝謝你。」

洛琪希露出有些傻眼的表情低下頭，不過，也同時有些難為情地把玩自己的髮梢。

好好喔。我好羨慕她這麼受魯迪尊敬。

「其實，還有一件事也讓我在意……」

「能詳細說給我聽聽嗎？」

「關於那件事，我想等確定之後再跟你報告。」

「…………我會期待的。」

啊，總覺得我或許知道洛琪希想講的事情。話說起來，她也說過最近感覺不太舒服……還是先準備幫她慶祝比較好嗎？不，會不會太急躁了？畢竟也還沒確定嘛。

「希露菲。」

「什麼事，魯迪？」

突然被問到，我歪了歪頭，努力讓自己看起來可愛。

魯迪的視線集中在我的脖子下方一帶。很好，作戰成功了呢。

「最近，呃……露西的狀況怎麼樣？」

「露西的話，魯迪不是也經常關注她嗎？她很有精神喔。」

「沒有喊天上天下唯我獨尊之類的吧？」

「天上……那是什麼？啊，不過或許差不多到可以爬爬的時期了。」

「哦？」

多虧莉莉雅小姐，育嬰很順利。

雖然愛麗兒大人說小孩子應該交由侍女撫養，作母親的盡量不要參與，但奶奶要我盡可能地親手疼愛小孩。

以我而言，我比較傾向奶奶的想法，魯迪好像也希望由我養育露西，所以這方面也有在努力。

「希露菲，最近有什麼讓妳在意的事情嗎？」

「沒有啊。硬要說的話，就是丈夫在隱瞞著某個祕密而已吧。」

我反射性地說出口了。我剛才那樣的語氣是不是不太好啊？

「嗚……嗯。對不起。」

魯迪露出驚慌失措的表情移開視線。

果然隱瞞著什麼呢。不知道他願不願意告訴我……

此時，魯迪的視線馬上轉了回來。

堅定的目光。露出這種眼神時的魯迪實在帥到不行。

「今天會請妳們兩人過來不為別的，就是要談這件事。」

我正襟危坐，扣好胸前的釦子。

洛琪希雖然感到困惑，同時也挺直身子。

「話雖如此，我也不知道該從哪裡開始講起才好……前幾天，我遇見了一名人物。」

「一名人物？」

「是啊。感覺上應該算是……擁有預知未來能力的神子。」

聽了魯迪接下來所說的話之後，就連我們也湧起了十足的危機感。

看來，有壞人盯上了魯迪和我們這些家人。

今後，我們家人說不定會因為那個壞人而遭逢不測。

再來，魯迪為了守護家人，說不定會做出更多奇怪的舉動。

老實說，我的確認為會不會是魯迪想太多了。

然而，魯迪這些話有某種真憑實據佐證。他在跟我們說明的同時，想必也在思考哪些情報該告訴我們，哪些情報必須隱瞞。

這部分讓我有點無法接受。

但是，我可以理解魯迪的想法，萬一發生什麼的話就太遲了。

「是嗎……那麼，我們有什麼可以幫忙的嗎？」

「雖然不是說沒有，但是就我而言，還是希望妳們盡量不要遭遇到危險。」

又來了。最近的魯迪經常會說這種話。是從什麼時候開始的呢……應該是在保羅叔叔身亡那時開始吧。雖然我清楚這代表他重視我們，但是不是太過度保護了？

再說，我也不是什麼事都辦不到的小孩了……

「可是，魯迪會在我們看不到的地方遇到危險對吧？」

「我現在還不能斷言，但應該會吧。」

「我討厭那樣……」

和阿托菲戰鬥時也是，魯迪身心都受到嚴重的創傷。魯迪雖然很強，但並不好戰。明明如此，他依舊四處奔波、戰鬥，甚至還險些喪命……我不希望自己的角色只是等著那樣的魯迪回來，安慰他，幫他加油打氣。

至少，我想要跟在他身邊。況且我說不定也可以幫上什麼忙。

可是，我或許會成為他的累贅……唔～

「我明白了。」

說出這句話的人是洛琪希。她撥弄著髮梢，同時看著魯迪的眼睛露出微笑。

「在魯迪離家的這段期間，就由我來保護諾倫小姐和愛夏小姐吧。」

就像是在表示這就是自己的職責，她帶著堅定口吻這樣說道。

「洛琪希不介意嗎？」

我以為洛琪希不想陪在他身邊，不禁開口問道。洛琪希點了點頭回應：

「因為比起自己，家人遭逢不幸更讓魯迪感到難過。」

「……可是……」

話說回來，洛琪希在保羅叔叔死去時也陪在魯迪的身邊。

從口述聽來，很難理解當時的魯迪有多麼頹喪，但魯迪說他以前從來沒有像那次那麼鬱悶，事態想必非常嚴重。

甚至還打破了和我的約定……啊，我真是個討厭的女人。別想這些了。

反正魯迪也依舊好好回到我的身邊。那樣不就好了嗎？

「希露菲，我當然也不願意在魯迪遇上危險時只是袖手旁觀。」

那是什麼意思？洛琪希不是會留在家裡嗎？

「要是我們看到魯迪需要有人出手幫助，到時再由我們自己判斷是否要幫助魯迪不就好了嗎？」

啊！原來如此，仔細想想的確是這樣。要幫助魯迪根本不需經過他本人許可。我們可以自己主動幫他。只要到頭來可以協助魯迪脫險，那就是皆大歡喜。

「……妳說得對，嗯。我知道了。」

魯迪聽了洛琪希的話後露出苦笑。

他沒有不分青紅皂白責備，目光中反而流露出信任。

「魯迪不需要回頭，請你盡情地去做你想做的事情。因為背後有我們在守護。」

說完這句話後，洛琪希露出微笑。

「那麼，要是我快不行的時候就麻煩妳們了。」

魯迪像是鬆了一口氣似的回以微笑。或許是我的錯覺，但感覺魯迪的眼神閃閃發亮。

真了不起。就是因為能說出這種話，洛琪希才會如此受到魯迪尊敬。

不管怎麼說，最重要的就是讓魯迪能放心地去完成自己的事情。要是魯迪感到困擾，我再以自己的判斷出手相助。

啊，真棒呢。或許我一直都嚮往著這樣的立場。平時是個嫻淑的妻子，但遇上緊要關頭卻很值得依靠。

「那個，我還有一件事想說。」

當我幹勁十足地握緊拳頭後，魯迪發出了嚴肅的聲音。

和剛才為止的氣氛稍微有點不同。

剛才雖然也是難以啟齒，但比較像是在刻意挑選措辭，可是現在的語氣彷彿是想要迴避這個話題本身。

「…………這件事，該怎麼說才好呢……」

「是很嚴重的問題嗎？」

洛琪希體貼地開出話題，魯迪聽到後重重點頭。

「這件事情……很難對妳們兩位啟齒。」

「……」

會是什麼啊？真令人不安。是不是和魯迪最近身體不適有關？

難道說，他罹患了現今的解毒魔術無法治癒的疾病？

「雖然還沒確定，但說不定，會再增加一個人。」

「……」

唔！增加一個人，是指女孩子吧。是這個意思對吧？

呃，之前也曾討論過這樣的話題，而且我也沒要求他不要增加，是沒關係啦。

可是，如果被問說是否無論是誰都能欣喜接納對方，我心裡還是會感到複雜。

「是誰？七星？」

我努力地保持冷靜這樣詢問。這樣應該不算生氣，我想自己有成功隱藏情緒。

不過，七星啊……感覺有點不太一樣。該說她沒有那麼喜歡魯迪嗎？還是該說她對魯迪抱有的感情並非愛情，而是感謝呢？雖然魯迪想要霸王硬上弓的話，七星應該是不會拒絕，但那只是不會抵抗，並不代表她想主動配合……唔——

「不是七星。」

魯迪否認了。

可是，他的眉毛卻垂成八字，表情看起來非常歉疚。

「那個人叫艾莉絲。」

「艾莉絲……」

艾莉絲。是誰來著？感覺曾經在哪聽過，應該不是學校的人吧。

「我記得是魯迪在菲托亞領地擔任家庭教師時的學生對吧。」

洛琪希馬上就像解惑似的從旁回答，我想起來了。

「……那個人，是造成魯迪生病原因的元凶對吧。」

「嗯……是啊，算是吧。」

難道和我重逢時發生的事情，魯迪已經忘了嗎？

當時我雖然不懂，但從魯迪和我結婚之後轉變的態度來看，我大概也能理解他當時是因為喪失了身為男性的自信。我認為那是種煎熬。雖然我是女人沒能實際理解，但肯定沒錯。

畢竟連我在一開始都受到打擊了呢。

「魯迪，你明明有過那麼難受的回憶，現在卻還是喜歡那個人嗎？」

「我現在喜歡的人是希露菲。」

他注視著我的眼睛做出堅定回答。

好害羞。嗚，魯迪果然好帥啊。好想一邊大叫一邊滾來滾去。

雖然莉妮亞和普露塞娜已經不在了，但真想跟她們炫耀呢。

不對不對，現在討論的是艾莉絲那個人。我可不會被唬弄過去喔。

「那麼，是指那個人明明自己拋棄魯迪，卻還依依不捨想跟你重修舊好嗎？」

「不，被拋棄這件事是我誤會了，也沒有什麼依依不捨，她的心意自始至終都沒改變。」

「……可是，她讓魯迪留下了很難受的回憶啊。」

「是沒錯啦……」

要迎接第三個人，這件事本身沒什麼問題。

我已經調適好自己的感受。當然，我也是有想要一個獨占魯迪的心情，但魯迪不是米里斯信徒。真要說的話，我自己也很清楚光靠我一人無法支持魯迪。

如果魯迪認為那個人很特別，那個人也覺得魯迪很特別，那我就不會反對。自己已經這樣決定了。

可是，對方是讓魯迪變成那樣的罪魁禍首……這讓我的心情很複雜。

「魯迪當時那種殺氣騰騰的感覺，我可是記得一清二楚喔。」

「如果是當時的我，與其說不原諒艾莉絲，應該是連跟她見面都覺得害怕。」

現在不同了嗎？會不會是和剛才提到的那個能預知未來的神子有關？像是那個人做出了這樣的預言之類。

嗯——可是，總覺得有哪裡不對耶。

算了，要是有人對我說「妳將來會和名叫魯迪烏斯的男人結婚並生下五個小孩」，我確實也會期待。但是像這種事情，當事人的心情也很重要。

魯迪明明沒有那麼喜歡卻要和她結婚，這樣好嗎？

「如果希露菲那麼反對的話，娶她為妻的事就作罷吧。可是，到頭來我還是得和她把話說清楚。」

魯迪這樣說完，露出了好像在自己的話語中察覺到什麼的表情。是什麼呢？

「不過，艾莉絲她好像至今為止都為了我，一直在劍之聖地修行。」

「……」

「所以，要是她回來卻遭到我拒絕，不是很可憐嗎？」

「的確是這樣沒錯，但是……」

明明一直努力，到了最後卻遭到拒絕。我不由得明白了那種恐懼。

因為我當初也為了追上魯迪，而在布耶納村一路努力過來。

「我其實也不是反對啦……」

如果沒有發生轉移事件，魯迪沒有回到布耶納村。

我想說到底怎麼了而去找他，才發現他已經和別的女生結婚，這樣的話……

想必會受到很大的打擊吧……

「不過我又沒有見過她……」

沒錯，我都還沒有見過她呢。因為她那樣對待魯迪，至今為止我認為她是個討厭的傢伙。

可是，我誤會了。其實她一直喜歡著魯迪，並沒有打算讓魯迪遭受那樣的對待。

「那個……」

當我在腦海中胡思亂想，洛琪希開口說道：

「關於那件事，也等實際和艾莉絲小姐見面後再決定不就好了嗎？」

「洛琪希？」

「魯迪似乎也還沒有整理好自己的心情，有很多事情不見一面是沒辦法明瞭的。」

洛琪希是怎麼想的呢？

她之前也曾說過，對於增加第三個人這件事本身不怎麼排斥。

「希露菲之前不是也說過嗎？」

「？」

咦？我說過什麼嗎？

「妳說『到時要好好帶到我的面前』。」

啊。我說過，我說過耶。確實有說過。

「請把那名叫艾莉絲的女性帶回來。然後試著談談看，如果無論如何也不行的話……到時我也會反對。」

這樣啊。這和剛才那件事一樣。都還是預定而已。

洛琪希果然考慮周到。

作為魯迪的妻子，感覺她比我來得更加可靠。

「當然，這件事除了我們以外，你也必須和其他人商量才行……但以我而言，我支持魯迪的選擇。」

「謝謝妳。」

「就算今後增加更多人，只要你不會把我忘記的話，那就沒有關係。」

「我當然不可能忘記洛琪希。」

「約好了喔。」

「好的。」

深獲魯迪的信賴，頭腦也很聰穎……真讓人嫉妒。

不對不對，我也必須努力變成這樣才行呢。要以成熟的女性為目標。

「希露菲也是，總覺得很對不起妳。」

「不會，我才是，之前明明講得那麼偉大，今天感覺卻盡是發些牢騷，對不起。」

我和魯迪對彼此低頭致歉。看到這幕光景，洛琪希嘻嘻地笑了。

這和愛麗兒大人及路克在一起的時候又有些不同，但同樣是讓人放鬆的空間。

這裡還會再多一人嗎？會變得怎麼樣呢……讓人有點不安。

魯迪應該不會被搶走吧？

★魯迪烏斯觀點★

後來，我們三人排成川字睡在一起。

就算是我，神經也不可能大條到在講了那番話後還直接去抱她們……除了這點以外，也是因為腦海不時浮現艾莉絲的臉孔，認為這麼做不是很恰當。儘管我認為自己已經放下，卻感覺腹部深處湧起一股不安的思緒。

洛琪希說得沒錯，我其實還沒搞懂自己到底對她抱持著什麼樣的感情。歸根究柢，我也只是經由他人口述聽說這件事。

不管怎麼樣，我果然必須和艾莉絲做個了斷。

但是老實說，我害怕和她見面。因為肯定會挨揍。

她好像已經變強到難以置信的境界。那樣的艾莉絲，要是遇見在我身旁的希露菲和洛琪希的話會怎麼樣呢……雖說按照日記上的內容，艾莉絲從來沒有襲擊過希露菲。

但是，寫在日記上的內容也絕非正確無誤。感情會根據當下的每個言詞以及談話走向，輕易遭到顛覆。

真令人不安。照這樣下去，要是我和艾莉絲碰面會演變成什麼情況？

我在腦中不斷煩惱，不知不覺間就睡著了。

★ ★ ★

人神出現在我的夢裡。

一片純白的場所。在使用轉移魔術之際，人會通過的場所。

我一如往常，維持前世的模樣站在那裡。

根據未來的我進行的研究，這裡應該就是無之世界。在六面世界中的四次元世界中心。
老人說過，沒有方法抵達這裡。
然而，我現在卻像這樣站在這裡。這之中究竟有什麼含意？
既然模樣不同，也就是只有意識，只有魂魄被召喚到這裡吧。
「……」
然後，人神就在眼前。
他一如往常露出一臉賊笑——不對，他沒有在笑。有股不悅的氣場從他那朦朧的身軀噴發而出。
「真沒勁啊。」
他以不悅的口氣喃喃說道。
「居然搞這種莫名其妙的把戲。」
語氣十分煩躁，從他至今一派輕鬆的態度完全無法想像。
「居然從未來過來，這樣犯規了吧？搞什麼嘛，明明事情好不容易可以順利進行了耶。」
看你心情這麼不悅，表示那個老人說的話是真的嘍？
你騙了我嗎？是你殺了洛琪希和希露菲嗎？
還有，未來的我用了意想不到的手段，讓你大吃一驚了嗎？
「你問我是不是真的？你說他用了意想不到的手段？他讓我大吃一驚？這個嘛，誰知道呢？因為未來的你好像也誤會了不少事情嘛。」

雖然他的語氣聽來很瞧不起人，但聲音也給人一種無奈的感覺。

我叮嚀自己不要亂了分寸，繼續進行對話。

「什麼『繼續進行對話』啊？明明是個笨蛋還裝得自己很聰明咧。」

囉唆。就算是笨蛋也會動腦筋啊。

是說，你倒是告訴我啊。為什麼你要對我，對我的家人那麼殘忍？

「這個嘛，是為什麼呢？會不會是想藉由殺害你的家人，期待你會做出什麼反應呢？」

今天的人神感覺有些敷衍。

簡直就像是至今為止都在自己掌控中進行的比賽，因為對手不經大腦的行動而變得一團糟，失去了幹勁而在鬧脾氣……讓我有這種印象。

「沒錯，全都是你的錯。都是因為你不經大腦行動的後果。」

……喂，告訴我啦。

不管你有什麼目的，我都不會積極地去妨礙你。

未來的我說過，我贏不了你。就算要諂媚你也好，絕對不要和你為敵。

我打算聽從他的建議。至今和你……呃，說不定都合了你的如意算盤，一切都在你的掌控之中，但我過得很順利。

就算我是遭到利用的一方也沒關係。如果要我成為你的手下，我也沒理由拒絕。

但是，我希望你至少不要對我家人動手。

「還真拚命呢。」

未來的我另當別論，但你還沒對現在的我做任何事。

至少在我知道的範圍內是如此。

感情是很重要的。你雖然試圖殺害洛琪希和肚子裡的小孩，但目前只是未遂，未遂的事情就當沒發生過，要我一筆勾銷也未嘗不可。

我想在無法原諒你之前，和你建立良好的關係。

「哦～」

人神似乎想到了什麼，稍微改變了氣氛這樣說道：

「如果我說自己的目的是世界和平，你信嗎？」

哦，世界和平。那很棒啊。我贊同。因為 Love & Peace 是我的宗旨。

在和平的世界享受色色的事情過活，何樂不為呢。

「色情先姑且放一邊。」

好吧。

「不是有龍神嗎？奧爾斯帝德。那傢伙的最終目的，其實是要毀滅這個世界。」

是這樣嗎？我倒是看不出來。

「那傢伙在背地裡進行著各式各樣的勾當。這個世界在我死後會四分五裂遭到消滅。所以，奧爾斯帝德才會為了殺我而費盡心血。」

不是因為你做了什麼惹奧爾斯帝德發火嗎？

就像對我做的那樣，殺了他的家人什麼的。

「以前我也說過吧？我不能跟他接觸。所以我沒印象。」

好吧，所以呢？

「奧爾斯帝德雖然很強，但只有一個人。因為他身負那樣的詛咒。而且，一個人的話絕對不可能贏得了我。」

那麼你放著別管他就好了吧？

「我是這麼打算的……但是你出現了。」

我又怎麼樣了？

「你本身是沒不打緊啦……但是奧爾斯帝德的詛咒好像對你和你的後代不管用。他們將來好像會助奧爾斯帝德一臂之力。然後我會被奧爾斯帝德、你的後代還有他們的同伴給打倒。」

原來如此……所以你才會盯上懷孕的洛琪希嗎？

話說回來，唆使路克把希露菲帶去參加戰爭，說不定也是你幹的對吧。從你不打算殺死露西這點來看，會礙事的是長子或是次女嗎？

咦？可是既然這樣，你只要在更早的階段直接殺死我不就得了？

為什麼你沒有這麼做？

「自從在那起轉移事件發現你的存在後，我姑且還是策劃了各式各樣的手段。無奈你的命運強得非同小可，讓事情總是無法順利啊。」

你說的命運是什麼啊？

「該怎麼說明呢？我可以看得見幾條比較大方向的未來，也能進行一定程度的修正。可是遇上命運強大的人物，就算試著把某些事件調整成不會發生，也沒有辦法盡如人意。你和奧爾斯帝德交手後也沒死，無論我再怎麼拆散，你還是會和洛琪希相遇、結婚，並生下小孩。」

是指因果律嗎？

就算回到過去試圖改變歷史，結果還是會造成類似的結果那樣？

「哎，總之就是那種感覺啦。」

……這樣啊。換句話說，我會和洛琪希結婚是命運的安排啊。總覺得很開心呢。

「我倒是一點都不覺得開心。」

那還真是抱歉啊。是說，既然這樣，為什麼要盯上我的孩子？

你應該要做的，是把更加遙遠的未來，把我的後代……把會協助奧爾斯帝德的傢伙設法解決吧？

「和奧爾斯帝德有直接關係的你的後代，也擁有非常強的命運。不只是你和你的後代，希露菲、洛琪希還有艾莉絲這幾個存在也十分強大。她們的小孩呢，這個嘛……也幾乎與之相當。可是，女人的命運強度會有變得曖昧的一段時期。」

命運強度變得曖昧的一段時期……難道說？

「沒錯，就是懷胎的時候。」

現在，我的心中襲來一股衝動，想痛揍眼前這傢伙。

但是現在得忍住。就算在這裡跟他開打，感覺也不會有勝算。

「不過基本上，那也以失敗告終了就是。」

……既然沒有懷孕，那你不應該連已經生下小孩的希露菲也殺掉吧？

「是指日記上寫的那件事嗎？這我就不知道了，畢竟我還沒走到那一步，但是應該也有斬草除根的意圖吧？或者說這件事跟我無關，跟你分開的希露菲就是會步上死亡的命運吧。」

是嗎……她有著那樣的命運啊。

「我還以為進行得很完美呢。明明已經一點一點地誘導命運強大的你，在你最脆弱的時候採取了最能有效產生結果的方法耶。」

真讓人火大……冷靜。不能生氣。洛琪希和希露菲都平安無事。沒事，沒事。

「幹嘛在那自言自語啊？你該不會以為這樣就贏了吧？我話說在前頭，你的小孩並沒有像你、你的老婆以及你的後代那樣擁有那麼強大的命運。我可沒打算就此善罷甘休喔。畢竟我還不想死啊。」

不想死啊？嗯，說得也是。不過，有沒有什麼方法？

如果是為了救我家人，那無論什麼我都願意去做。像是在我家的家訓追加「不去協助奧爾斯帝德」之類。或是灌輸小孩知識，教導他們人神大人是個偉人，龍神是垃圾人渣之類。

「沒用的。光憑那樣無法扭轉命運。」

你再好好想想嘛。我的命運很強對吧？

既然這樣，應該有辦法搞出什麼名堂吧？

「……啊。」

你想到了嗎？

「不，雖然不確定能不能辦到……不過，還是有這個可能性吧……你說無論什麼都願意做對吧？」

……是……是啊。

「那麼……」

人神宛如想到什麼惡作劇似的，咧嘴一笑。

「你就幫我殺掉奧爾斯帝德吧。」

★　★　★

「魯迪，好難受喔，魯迪……！」

清醒的時候，我正緊緊抱住希露菲。喉嚨乾燥，渾身發冷。

「啊……對不起。」

「咳……咳……」

我放開希露菲，把手移到臉上。

試著擦了一下額頭後，發現滿手都是汗水。

「不要緊吧，魯迪？」

從背後傳來聲音。我轉頭望去，發現洛琪希的臉近在眼前。

看來她從背後緊緊抱著我。

「抱歉。」

我挺起身子，時間已經是深夜了嗎？

剛才那是在作夢嗎？不對，那不是夢。那毫無疑問是人神。

「咳……怎麼了，魯迪？你沒事吧？」

希露菲也從床上起身，用袖口擦拭我的汗水。

洛琪希從剛才開始就抱緊我的背後，溫柔地撫摸胸口一帶。

「我沒事……只是作了有點討厭的夢。」

你就幫我殺掉奧爾斯帝德吧——人神的確是這麼說的。

那是什麼意思？他有何意圖？冷靜，先冷靜下來。稍微整理一下思緒。

奧爾斯帝德和人神處於敵對狀態。這點毫無疑問。

但是，奧爾斯帝德是孤身一人。一個人的話贏不了人神。這點也毫無疑問。

雖然我不清楚那麼強的傢伙為何贏不了人神，總之是贏不了。

然後，我的後代會和那樣的奧爾斯帝德成為伙伴。這樣一來，奧爾斯帝德就會抵達人神的所在之處，打倒人神。

所以，人神才會設法抹殺我的後代的存在。

他之所以殺害洛琪希，殺害希露菲，為的就是不讓我的後代誕生。

這樣一來，奧爾斯帝德就無法抵達人神的所在處。人神自然會立於不敗之地。

但是從現狀看來，我的後代誕生一事已經是不爭的事實。所以領悟到這點的他才會要我殺了奧爾斯帝德。

只要我的後代和奧爾斯帝德少了其中之一，人神勢必能贏得勝利。

可是，我能殺死那傢伙嗎？人神說過我的命運非比尋常地強。

但是，這點奧爾斯帝德應該也是相同。

這種狀況顯而易見。因為他和人神處於敵對，一直持續和他戰鬥。

再說，我到底要怎麼樣才能殺死他？我根本沒有方法殺死那麼強的傢伙……

不對……

日記上記載著幾個未來的我使用的裝備。

魔導鎧。

現在的我好像也做得出那套裝備，只要成功製造，恐怕相當管用。

未來的我也使用過幾個魔術。有重力魔術、轉移魔術以及電擊魔術……只是他沒有教我習得這些魔術的方法，現在的我應該沒辦法使用重力還有轉移……

但是，以前和奧爾斯帝德交手時，岩砲彈(Stone Cannon)姑且有讓他受傷。

阿托菲也曾因為吃下我的電擊(Electric)而全身麻痺。

管用的攻擊方法是有的。再來只要想出防禦方法，搞不好就能和他對抗。

……可惡，為什麼我要認真思考殺死奧爾斯帝德的方法啊。

「噯，魯迪。如果難受的話要說喔。我不希望你隱瞞。」

希露菲的表情泫然欲泣。

我用右手把希露菲的頭抱到懷裡，用左手握緊在我身後的洛琪希的手。

還問為什麼，當然是為了保護她們兩人啊。

「我必須，去殺掉……殺掉一個人才行。」

「……咦？」

「魯迪……那是什麼意思？」

我沒有回答洛琪希的疑問，而是離開兩人身邊下了床。

溫暖的感覺在一瞬間消失，讓我感受到一股寒意。

「對不起。」

我說完這句話後離開了房間。

腳步輕飄，腦袋昏沉，然而我卻在這樣的狀況下前往研究室。因為我想要立刻重新看過那本日記。就算只是一鱗半爪，我也必須掌握老人的戰鬥方式。

我要殺死奧爾斯帝德。殺死那傢伙，守護我家人的人生。

哪怕是要和他同歸於盡，讓倖存的家人留下悲傷回憶也在所不惜。

「……啊。」

突然，我在研究室看到了打算在明天寄出的那封信。

「……」

我在那封信上又追加了一段文字。

……搞不好，我再也見不到艾莉絲了。

第四話「七星的假設」

「懷疑人神，但不要和他為敵」。

未來的我是這樣說的。

人神所說的話確實有很多部分令人存疑。像是奧爾斯帝德企圖毀滅世界，或是一旦自己死去世界就會毀滅之類，無法推測其中究竟有幾分是真，幾分是假。

我很肯定他一定有某些部分說謊。

但是，我不能以對我自己有利的角度去思考他話中的真偽。

一旦這樣思考就會心存僥倖，到時就會把「沒想到這個是謊言」當作藉口扯自己後腿。

就我觀察，那傢伙不悅的態度感覺並非演技。未來的我確實給了那傢伙意想不到的一擊。

話雖如此，他卻也因為這樣，明目張膽地表達出「你要和我為敵嗎？」的態度，讓我無從做出選擇。

我沒有和人神為敵的路可走。因為要是他從我觸手不及的地方單方面展開攻擊，我就沒有能力保護身邊的所有人。

那麼我也只能選擇服從。

人神是討厭的傢伙，感覺也不像會遵守約定。但如果他姑且是基於某個目的才做出這些事，一旦我失去用處，也有可能就此放我一條生路。

人神要我殺死奧爾斯帝德。其他部分姑且不論，如果只看我的後代和奧爾斯帝德聯手殺死未來的人神這個部分，姑且也有一定的可信度。

我或者奧爾斯帝德。

假使其中一人喪命就能達成人神的目的，那只要我活下來就行了。

我要保護家人。儘管覬覦我家人性命的是人神沒錯，但是我對他無計可施。想必他會在我觸手不及之處，永遠迫害我的家人。

可是，奧爾斯帝德在這個世界。儘管他不像是我能戰勝的對手，老實說我也不想和他戰鬥。

可是，既然人神都那樣說了，那或許還有一絲可能。

不管怎麼樣，我希望可以不要因為自己選擇錯誤而導致某人死去。

夢見人神的第二天。

我和希露菲一起前往冒險者公會寄出信件。

然後和希露菲一起移動到空中要塞。在入口處和希露菲道別後，我前往七星的所在處。

答應要殺掉奧爾斯帝德後，當我思考該找誰商量，腦海中便浮現了她的身影。

可能是因為未來的我曾說過「去找七星商量」這句話殘留在我腦海的緣故。況且如果是七星的話，或許也對奧爾斯帝德的所在處內心有數。

雖然遲早也得和希露菲及洛琪希商量這件事……但是不管是希露菲還是洛琪希，甚至是她們的小孩都沒有任何責任。所以，我必須斟酌用詞。

只是我對該如何選擇措辭完全沒有頭緒。

「嗨。」

「哎呀，你這麼快就回來啦。」

從那之後經過了幾天，但七星似乎還沒有完全康復，依然臥病在床。不過臉色倒是好了不少。

「七星。來，慰問品。」

「不好意思。」

我把在集市買來的水果禮盒放在桌上。

雖然在這個時期的價位有些昂貴，但是拜託他人時還是有應當遵守的禮儀。

哪怕只是互助互惠的關係也是如此。

「……你的表情很可怕呢。出了什麼事嗎？」

七星露出一臉擔心的表情。

我的表情有那麼可怕嗎？想必有吧。我現在的臉色肯定比七星還要糟糕。

「事不宜遲，我希望妳能報恩。」

「我該做什麼才好？」

「首先，麻煩妳聽我說完。雖然這件事聽來像是天方夜譚，妳或許會難以置信。」

「好吧。」

我緩緩道出未來的自己曾經來過的這件事。

聽了那傢伙說的話，得知那本日記上寫著今後會發生什麼事，還有宛如驗證這些事情屬實，人神一臉不悅地出現在我夢中。以及我的後代好像會協助奧爾斯帝德殺死人神。

最後，則是人神要我殺死奧爾斯帝德那件事。

我全部坦承說出。

「……」

七星聽到這些事情後，用手指抵著額頭，擺出沉思的動作。

「……對不起。讓我稍微整理一下……時光旅行？」

「嗯，他說自己來自未來。」

「證據呢？」

「在日記的每個角落都寫著日文註解，而且他還知道我前世的本名。」

「你的本名叫什麼？」

「我不想說。」

「啊，是嗎……但是那個人真的可以信任嗎？」

「……妳的意思是？」

「他也有可能是其他穿越者。搞不好是偽裝成未來的你。」

「但是日記和我當天做的東西一模一樣，而且也寫著那天我打算寫下的內容。」

「這個部分，說不定也是趁你睡著時複製的。」

一旦懷疑就沒完沒了。

「……可是，我認為那傢伙是正牌貨。」

「這樣啊。但或許是人神派了一個讓你會這樣覺得的人物。」

「那麼，日記的內容都是捏造，在夢中的對話也全都是演的嗎？」

「我沒有那樣說……但人神是值得信賴的對象嗎？」

「無法信任。」

「可是你會照他說的去做吧。」

「我也沒辦法啊……」

七星吐了一口氣。

然後像是下定決心似的這樣說道：

「其實，名為人神的存在，我以前也曾聽奧爾斯帝德稍微提過一些。」

「……是這樣嗎？」

「是啊，他在差點殺掉你之後有稍微提及。」

「噢，是那個時候……」

「雖然我沒有詳細追問，但他說一定會殺死人神。只是現在還辦不到……」

奧爾斯帝德的目的是殺死人神。

現在還辦不到，但將來的話或許可以。而能實現這件事的主要因素就在我的後代身上嗎？

不對，會不會是要等最後一名五龍將復活？

不管怎麼樣，人神想要防範這點。

這樣看起來姑且還說得通。

我越想越覺得那傢伙的話語有著可信度。在那個時刻，會用那種態度說謊嗎？人神是不是已經看準這點才發言的？

我不認為自己能看穿他的謊言。不，那傢伙的目的先姑且別管。

「所以，你為什麼要找我商量這件事？應該有更適合商量的人選吧？就算告訴我那些事情，我也做不了什麼……」

「……因為未來的我要我找妳商量。」

「未來的你……說要找我，為什麼？」

被她這麼一問，我一時無言以對。

該把這件事跟她說嗎？七星很有可能會在最後的最後失敗，導致某種悲劇的下場。可是日記上沒有寫到任何明確的事情，未來的我對此也有些含糊其詞。

但我認為說出來比較好。如果能讓她明白失敗的可能性很高，至少能做好心理準備，也能思考方法迴避悲劇發生。

「雖然是我的猜測，但妳在最後的最後，好像會功虧一簣。」

當我說完這句，七星瞪大雙眼。

可是卻又馬上抿緊嘴巴，搖頭回應：

「我不是問那個，是未來的你為什麼說要找我商量啦？」

「呃……這個嘛，雖然妳當時已經死了沒辦法問，但是他認為妳或許會知道奧爾斯帝德的下落，況且，像這種事情妳應該比我更有想法，說不定會幫忙提出什麼建議。」

「這種事情是指什麼？」

「我想大概是人神的目的是什麼之類……」

仔細想想，人神的目的很明確。

雖然他嘴上說什麼為了世界和平，說起來就是為了迴避自己在未來的死。

哎，雖然也有可能是說謊啦……

「……嗳，可以讓我看看你的日記嗎？」

「好。」

我把日記交給她後，七星快速地翻到第一頁，隨後立刻皺起眉頭。

「這看來需要花點時間呢。字也很醜……」

「我花了兩天才把內容全部看完。」

「是嗎，那麼可以借我一天嗎？」

「妳一天就能看完嗎？」

「我很擅長閱讀。在今晚就可以全部看完了。」

雖然我想說乾脆挑重點看就行了，但要是全看過一遍，說不定會讓她注意到什麼。這部分就交給她處理吧。

「那我先去休息了。因為我最近沒什麼睡。」

「了解，你挑個適當的時間再來吧。」

「拜託了。」

這樣說完後，我便離開七星的房間。

就在這時，我突然感到如釋重負，有一股安心的感覺。真奇怪，難道我如此信賴著七星？

不對。是因為不能告訴希露菲或是洛琪希的事情，我可以向七星傾訴。

正因為她不是需要顧慮的珍視對象，所以我才能像這樣拜託她。

這樣一想，就覺得我也是個薄情的傢伙。

「……」

我不經意地望向窗外，發現愛麗兒、札諾巴、克里夫、希露菲以及佩爾基烏斯五人正聚在庭園聊天。路克則是跟在他們後面。希露菲站在愛麗兒前面，正和佩爾基烏斯在聊些什麼。那個畏畏縮縮，常被欺負的希露菲也變了不少。

然而，根據未來的我所說，愛麗兒到頭來似乎還是沒能獲得佩爾基烏斯的協助就直接回國。後來，她吃了敗仗。希露菲也參加了那場戰役……結果死於非命。

我應該要幫她才對。我和希露菲結婚時就已如此決定。

不過事情有先後順序。現在先思考人神那邊如何解決吧。

我腦海中思考著這些事，回到自己被分配到的房間。

稍微睡一下吧。

當我清醒過來，希露菲就睡在我的身旁。

一如既往的可愛睡臉以特寫呈現在我的視線裡。

我不記得有找她一起睡。也就是說她是不知什麼時候鑽進被窩的吧。說不定她原本是想要叫我起床。又或者是在和佩爾基烏斯交談過後，想要詢問我的意見。要是這樣的話就實在不好意思。

我把希露菲摟在我腰上的手臂挪開，輕撫了一下她的頭後便下床離去。

「嗯——……魯迪……親一下……」

聽到可愛的夢話以及眼前這毫無防備的睡臉，如果是平常的我想必已慾火焚身。

不過可惜的是，我的腦裡已經沒有去想色色事情的餘裕。我一邊用手整理亂翹的頭髮，一邊留意不要吵醒希露菲，悄悄離開房間。

窗外有著滿天星斗。時間已經徹底入夜。既然這個世界也有星星，想必也有宇宙存在。

我一邊思考著這種事，同時在走廊上漫步。

「這麼晚了你要去哪？」

「哇！」

戴著面具的男子從走廊轉角處冷不防地出聲叫住我。

「……阿爾曼菲先生。」

「現在是人類睡覺的時間。三更半夜的，你打算去哪？」

「我要去找七星。她還醒著嗎？」

「她剛才向我要了紙筆。應該還醒著。」

「謝謝你。」

我有些膽顫心驚地離開現場。

所謂的精靈是不是都不睡覺啊？

哎，因為他們不是人類所以不需要睡眠吧。是二十四小時都能安心的保全系統。

「我記得在城裡的對話也會全部被聽得一清二楚……」

這表示我在七星房間交談的內容，想必佩爾基烏斯也都聽在耳裡。

既然什麼都沒說，代表他還在靜觀其變嗎？

而且，不僅是佩爾基烏斯，這件事肯定也傳到了人神耳裡……

我一邊思考，一邊走在安靜的城內往房間移動。從房門的隙縫漏出亮光。看來她好像還沒睡。還是先敲個門吧。

「是誰？」

「魯迪烏斯。」

「三更半夜過來的話，不是會讓你太太誤會嗎？」

「那要明天再談嗎？」

「我是沒關係，你就進來吧。」

我依言進入房內。

七星待在床上，然而周圍卻散落著大量的紙張。

「亂成一團呢。」

「我正在進行各種考察啦。」

「知道些什麼了嗎？」

這樣發問後，我撿起紙片坐在椅子上。

「多虧你說的事情和日記，姑且是成功建立了一個假設。」

「哦，假設？」

「我一直都在想一個問題。就是為什麼我會來到這個世界、這個場所、這個時代。」

那件事和我這次說的事情有關嗎？不，算了，先聽她說吧。

「一開始，我覺得不只是我，我的朋友應該也被轉移到了這個世界。」

「……」

是不是該問她為什麼呢？

不過，我可以理解她為何這樣說。在我記憶的角落──我前世最後的記憶之中，存在著一個難以理解的現象。

我打算去救差點被卡車輾過的三個人。
然而，我卻只救到一個。救了一人的代價就是變成我被卡車輾過。但只有我是被卡車輾過。
七星沒有被輾到就轉移到了這個世界。
那麼，就算另外一個人也來到這個世界也沒什麼好奇怪。
「可是，我找遍這個世界的每個角落，也依然沒發現他的蹤影。」
「有沒有可能是在來了之後就馬上死了？」
「我有想過，但明明我平安無事，卻只有他死去嗎？」
所以七星會和奧爾斯帝德一起周遊世界，是為了尋找她的朋友啊？
不，應該不光是為了這點而周遊世界才對。
「我也沒發生什麼特別的狀況。」
「真的什麼都沒發生嗎？」
「……？」
這是什麼意思？我記得應該沒發生過什麼才對。
在布耶納村時，保羅、塞妮絲還有莉莉雅都在，十分和平。
「你說當未來的你來到現代之後，他的身上沒有內臟，我聽了之後就有了個想法，會不會
我也是來自未來。」
「啥？這是什麼意思？難道妳想說，這個世界其實位於之前世界的延長線上嗎？」

「我不是那個意思啦。該怎麼解釋呢？我們現在不是還沒搞懂轉移事件會發生的原因嗎？」

「那起災害是因為妳轉移到這裡才引起的吧？」

「沒錯。但理論上，普通的轉移不會發生那種狀況。」

不過，也有可能是因為那是異世界轉移，所以才會引發那樣的狀況。

「可是，來自未來的我沒有像妳當時一樣引起災害。」

「不是發生了嗎？」

「什麼？在哪裡？」

「他的內臟不是消失不見了嗎？」

「不……但是……」

七星是想這麼說嗎？

消失的內臟，和那起轉移事件導致人類遭到轉移，這兩件事的本質是相同的。

「五十年份的時間轉移，導致你的魔力耗盡。」

「……不，雖說耗盡了，但他還能使用魔術。」

「可是每次使用魔術他就變得更加衰弱對吧？甚至會讓一個實力如此堅強的魔術師放棄治療身上的傷勢。」

七星用手指敲了敲日記的封面。

「假如我是從一百年後的未來過來，就需要你兩人份的魔力。」

感覺七星抱著一定的把握在闡述這件事。

說不定她掌握了我還不清楚的情報。

「五十年後的你移動了五十年的時間，導致失去內臟。而內臟不知道消失到哪裡去了對吧？有可能是遺留在五十年後的世界。如果他移動百年時間，只需要犧牲內臟就能了事嗎？在這種狀況下，是不是整個身體都被留在未來？」

「不，應該……」

「不會吧。這樣一來，整個身體都會和內臟消失到同一個地方。」

「……那個地方是在哪裡啊？」

「這我就不清楚了。只是，肯定會被調整為必須互相抵銷才對。畢竟這個世界的魔力遵守著能量守恆定律。」

能量守恆定律。

「雖然我沒有詳細調查……但是，八成有人因為那起事件消失了。而且是以成千上萬為單位。」

「……」

「你在那起事件之後，身體有感覺到任何不適嗎？像是魔力莫名稀少之類。」

在那起事件之後。就是我和艾莉絲一起結識瑞傑路德，在利卡里斯鎮成為冒險者的那時。

我記得應該沒有……不對，話說回來，在抵達利卡里斯鎮之前，我感覺莫名疲累，渾身提不起勁。經她這麼一提，當時的感覺和魔力耗盡的時候極為酷似。

「但那樣一來，因為轉移而消失的人和沒消失的人之間到底有什麼差異？」

「會不會跟人神說過的命運強弱有關呢？像是被強大的因果律守護的人就不會消失。」

「這部分只是推測啊？」

「不只這部分，全部都是推測。我說過是假設了吧？」

我的命運似乎很強。而且簇擁在我身邊的美女們也擁有強大的命運，希露菲和艾莉絲都平安無事。想必我的家人也擁有一定程度強大的命運吧。

……這種事，也不過是結果論罷了。

「換句話說，這是怎麼一回事？妳是從未來轉移過來的嗎？」

「不是啦。只是，呃，該怎麼解釋才好呢？」

七星搔著頭，就像是在表示不知該如何說明一樣發出沉吟。

「我想，肯定是在未來發生了『人神被打倒的局面』。」

「發生了？」

「沒錯，所以人神為了迴避這個未來，才會開始和你接觸。」

「？」

「吶，你回想一下，你第一次遇見人神是在什麼時候？」

我第一次遇見人神是在……對了，是在轉移事件的……不久之後。不對，我記得那傢伙曾說過他一直在觀察我。

……不，昨天他說是因為那起轉移事件才找到我。

那傢伙到底有哪部分是在說謊？

「在轉移事件發生前，你有沒有看到會讓你在意的東西？」

根本沒有會讓我在意的東西……啊，不對，有喔。那是在菲托亞領地，我在紹羅斯爺爺用來當辦事房間的那座塔上看到的……紅色的球。

「看來你有頭緒呢。你還記得那是從什麼時候開始出現的嗎？」

從什麼時候……我怎麼會知道那種事……

不對，我記得紹羅斯爺爺曾經說過什麼。

想起來。快想起來。這副身體的記憶力應該不錯吧，我能想起來。

呃，我記得，他應該是說……

「我在三年前左右發現的」。

「是在我大約五歲的時候。」

「你五歲的時候有沒有發生什麼事情？有沒有遇見誰？」

「說到五歲……就是遇到希露菲的那個時候吧，後來也沒什麼特別……」

此時，我的腦袋思緒突然連成一線。

我和希露菲相遇，並和她成了好朋友。後來由於保羅把我們拆散，才因而邂逅艾莉絲。然後在十歲生日那天，我和艾莉絲差點就衝上本壘。而轉移事件，是在那件事的隔天發生。

然後在轉移事件發生不久之後，人神就開始和我接觸。

換句話說，在那個時間點，人神會死去的未來就已經誕生了嗎？

「原本你是不存在於這世界的人類對吧。」

「嗯。」

「你覺得你為什麼會轉生到這個世界？」

「那種事我怎麼會知道。」

「我認為這件事會不會有什麼特別的意義。」

「妳說的意義是什麼？」

「有某人為了改變未來，才把我和你送到了這個時代。」

「妳說的某人是誰啊？」

「想必是未來的某個人吧。那個人盼望著人神死去的未來。」

我不懂她的意思。意思就是，我其實是在某人的掌心上跳舞而已嗎？

「我不懂妳的意思。歸根究柢，妳到底想說什麼？」

「我的意思是，存在著人神死去未來的世界需要我們。」

我混亂了。

「說不定你未來的後代，是為了做出打倒人神所需的道具，才會把我召喚到這個世界。所以，只要沒做出那個道具，我就無法回到原來的世界。歸還魔術註定會失敗。」
「為什麼會那樣？」
「因為我就是為此才被召喚過來的。換句話說，我的存在本身就是命定悖論。」
假設：人神之所以會死，是被我的後代和奧爾斯帝德所殺。
為此，我必須生下孩子。
和希露菲相遇的時候，我已經確定會和她生下小孩。
從人神很執著洛琪希的這點看來，或許洛琪希也是如此。
轉移事件是在我開始對艾莉絲做色色事情的那天發生，說不定艾莉絲也一樣。實際上，在我遭到斷子絕孫的未來，人神會獲得勝利。
而且光是這樣還是不行。也就是說「只有我的後代和奧爾斯帝德」的話，似乎無法殺死人神。
為此所需的東西將會由七星製造出來。所以才以補救的方式召喚七星。
所以她才說「來自未來」。
是某人有意而為之，或者是因果律的惡作劇，這點我們不得而知。
七星的假設是以某人在未來先做了什麼而產生的結果，導致過去將我們生成出來。不知道是先有未來還是先有過去。這就像是先有蛋還是先有雞。

「我理解妳的假設了。」

「抱歉，我解釋得不太好，但是我很開心你能明白。」

雖然這個想法很有意思，但同時也不太有趣。

「也就是說，我的後代會和奧爾斯帝德聯手殺死人神，這句話在某種程度上是可信的對吧。」

「嗯，就是那樣。」

「那麼，回到剛才的話題吧。」

「回到什麼？」

「就是殺死奧爾斯帝德這件事。」

「呃……」

七星皺起眉頭。

「就算剛才的假設正確，但人神的意圖就是迴避那個未來，實際上他已經成功過一次了。即使命運什麼的是註定的，未來還是會有所改變。」

「……我想你還是放棄比較好。倒不如和奧爾斯帝德商量看看，或許會有什麼——」

「算了吧。說不定人神在現在這個瞬間也在觀察我的一舉一動。」

聽到這句話，七星便抿起嘴巴，望向天花板。

不過可惜，無之世界在下面。

「命運什麼的根本看不見。就算我和希露菲的命運很強，但父親死了，母親也變成廢人。我不認為人神會立刻採取行動，但那傢伙看得見未來。一旦他預測到我造反，有可能當我一回到家，就發現愛夏已經死了。就算不是這樣，說不定他也會設計好在一兩年後發生不幸。」

「……可是，人神不是和任何人都能接觸的吧？」

「誰知道呢。搞不好只要他有那個意思，就可以和任何人接觸。就算他隱藏自己的實力也不足為奇。」

「也是。」

「況且，到頭來奧爾斯帝德也贏不了他吧？如果相信人神所言，要是沒辦法得到我後代的幫助，那傢伙就會敗給人神吧？」

「嗯，就目前聽來，是這樣沒錯。」

「我要保護家人。雖然意圖對我家人動手的是人神沒錯，但我無法觸及人神。可是，奧爾斯帝德就在這個世界。雖然我不知道他在什麼地方……但只要想做應該還是有機會才對。」

「可是人神不見得會遵守約定啊。」

「奧爾斯帝德是龍神。如果日記內容無誤，說不定他知道前往無之世界的祕術。只要殺死那傢伙，失去前往無之世界的方法，實際上人神也就沒有殺害我小孩的理由才是。」

「可是，就算殺了奧爾斯帝德，你的後代或許會用其他方法去無之世界……」

「那妳告訴我該怎麼做才好啊！」

我用自己也覺得吃驚的音量朝著七星怒吼。

七星雖然被我嚇到，依舊說出和剛才一樣的話。

「所以我們去找奧爾斯帝德商量，請他幫忙想想辦法吧。」

「就算是我，至少也想得到要拉攏奧爾斯帝德成為同伴啊！但我要是真的那麼做，就會確實與人神為敵。我一個人和人神為敵的結果就像日記上寫的那樣，我打不贏他。那奧爾斯帝德呢？他也贏不了吧！他一個人是贏不了，可是只要我介入戰局從中攪和，他就能勝券在握，一舉打敗人神。但是人神不就是為了抹殺那個未來才找我麻煩的嗎！投靠那種傢伙，真的會有餘裕去保護我的家人嗎？那傢伙有那種程度的力量嗎？就連這點都搞不清楚，為什麼我還要與人神為敵不可！投靠敗軍之將，等到失去一切的時候就太遲了啊！」

「可是！就算這樣，奧爾斯帝德也比人神值得信任。」

「這可難說啊。人神可是說奧爾斯帝德打算毀滅這個世界呢。雖然說我也不可能真的相信這件事啦……但人神騙了我，他假裝以建議來指引我前進的方向。妳會不會也被奧爾斯帝德給騙了呢？」

「這個……不能說絕對沒有。」

我以鄭重神情看著七星。

她的表情裡摻雜著一點怯弱。

「對我來說，無論是人神還是奧爾斯帝德都同樣不能信任。」

我只清楚自己有多麼無力。
我相信未來的我說的話，就算和人神為敵我也贏不了。
我能夠清晰地描繪出和那個老人一樣，在失去一切後悲慘死去的未來。
和奧爾斯帝德戰鬥的未來，我也只能想到自己變得像一塊破布那樣的未來。
然而人神說過，我的命運很強。
或許他看見了我打倒奧爾斯帝德的結局。
我想把那當作一盞明燈。
「七星。既然妳要我去找他商量，表示妳其實知道和奧爾斯帝德聯絡的方法吧？」
「…………是這樣沒錯。」
「拜託妳幫我。我要殺了奧爾斯帝德。」
「我……那個，奧爾斯帝德，就是……他也曾幫過我啊。」
七星移開視線，講話有點吞吞吐吐。
來到這個世界後，七星第一個遇見的人是奧爾斯帝德。在那之後想必被他救過好幾次吧。
就好像墜落到魔大陸的我受到瑞傑路德幫助一樣。
我認為她無法背叛奧爾斯帝德。換作是我也不會背叛。就算死也不會。
這種事情我也心知肚明。如果是平常的我，或許會想到與她今後的關係而讓步吧。但是，
我現在不打算讓步。我不能讓步。

「吶，七星。七星靜香小姐。」

「……」

「我啊，在來到這個世界之前，是個無可救藥的人渣。我不清楚妳是怎麼看待現在的我……但是前世的我，肯定是會讓妳嗤之以鼻的人渣。」

「……」

「可是啊，來到這裡後，我就從頭開始努力了。雖然有過失敗，也有失去的東西，但是我學到了各式各樣的事情，得到了重要的東西。」

「……」

「然後啊，我想保護重要的東西。」

我離開椅子。在對人有所求時，不應該坐在椅子上。

拜託人有正確的方法。

把雙手雙膝置於地面，額頭貼上地板，把身體蜷縮到最小限度。

「求求妳，請妳助我一臂之力。」

空中要塞的地板既冰冷又堅硬。

「人神也有可能突然改變主意。要是我再繼續拖拖拉拉下去，某一天或許會突然發現我家人慘死的屍體，我真的不想遇上那種事……」

「等等，你在做什麼啊！別這樣！」

「我不想失去任何人。求求妳。」

七星從床上下來。硬揪著我的肩膀並抬起我的頭。

「我知道了啦……我會幫你的，你不要再這樣了……」

看見七星那憔悴的表情，我心中滿是愧疚。

然而與此同時，也湧起「很好，我成功了」的想法。在心中擺出勝利姿勢。

我真是個討人厭的傢伙。

「感激不盡。」

我說不定是錯的。

但是，我也只能這樣做了……

第五話「信件送達」

北方大地的最西端。劍之聖地。

這裡聽得見充滿激昂鬥志的吶喊，以及木劍互擊的聲響。路上的人們大多穿著道服，或是以那為基準的衣服，手上拿著木劍和毛巾。有時，也會有人穿著一身劍士打扮，然而如果會在城裡住上一陣，幾乎都會替換成便於修行的衣服。

在這座城鎮的最深處。

在一片雪海之中，有著一座巨大道場。而在入口附近，有名身穿劍士風格打扮的女性佇立此處。

以黑色為基調，方便行動的套裝。而且還穿著劍神流的劍聖被賜予的傳統上衣，並披著外套。腰間插著一大一小的雙劍，其中一把釋放出來的存在感，讓人遠遠看見就可看出是由傑出劍匠打造。

持有如此佩劍，肯定是劍神流的傑出弟子或是劍王等級的高手。

這般身姿與她波浪般的深紅秀髮相輔相成，甚至讓人聯想起獅子。

路人要是看到她，想必十之八九都會讓路。

她正是劍王，「狂劍王」艾莉絲．格雷拉特。

然而她看著自己威風凜凜的穿著，表情卻顯得一臉不安。

「噯，妮娜，這樣真的不會奇怪嗎？」

「好啦好啦，完全不奇怪。非常帥氣喔。」

站在紅髮獅子面前的人是紮著深藍色頭髮，穿著道服的女人——妮娜。

她露出一副聽膩的表情回答獅子。

「不管是誰看到妳現在這個樣子，都會認為是個出色的劍王大人啦。」

「可是，魯迪烏斯說他更喜歡那種輕飄飄的衣服。」

「我說啊……」
妮娜用沒好氣的聲音嘆了一口氣。
「妳的男人看到會不會覺得奇怪什麼的，我怎麼可能知道啦。」
「說得也是……」
「為什麼要用那麼憐憫的眼神看我？我好歹也和吉諾……不，這件事就算了。」
妮娜搖搖頭，豎起一根指頭。
「再說了，這附近哪有可能賣那種時尚的衣服啊。妳以為這裡是哪？如果妳想穿那種輕飄飄的衣服就去鎮上買啦。」
「說得也是。」
艾莉絲同意妮娜的話並點了點頭。
然而，這段對話光是今天就已經重複五次之多。
「更何況妳現在就煩惱衣服也無濟於事吧。因為不管再怎麼趕路，都得花上一個月才能抵達魔法都市夏利亞。」
「……」
「比起服裝，重要的是見面時要好好保持乾淨。要洗個澡，好好梳理頭髮，擦髮油整理……
呃，因為有汗臭味的女人肯定會被討厭。」
「就算我流汗，魯迪烏斯也完全不會擺出臭臉。」

「也對，如果不理解這方面，也不可能成為妳的對象呢……」

「他聞到我充滿汗水的內衣褲反而會開心喔。」

「那不是變態嗎！」

聽到這句話，艾莉絲稍微板著一張臉回嗆：

「魯迪烏斯才不是變態，只是有點色而已。」

「可是妳說他會聞妳的味道……怎麼想都是變態啊！」

「……」

聽她這麼一說，艾莉絲把鼻子靠近自己的上臂，使勁地聞了味道。

然而，她只聞到剛買的新衣以及肥皂的香味。

因為她在要啟程旅行之前才剛洗過澡。

「他不是變態。」

「……算了，剛才是我說得太過頭了。」

兩個人在那之後就沉默不語。一股冷風吹過寒冷的天空之下，兩人的頭髮隨風飄逸。

「基列奴好慢啊。」

「或許是在為了帶哪個孩子去而起了爭執吧？」

「有可能。」

艾莉絲點頭同意妮娜所說。

「……話說起來，我有聽說一些妳男友的風聲喔。」
「什麼樣的？」
「魯迪烏斯．格雷拉特，聽說他的眼睛會飛出來。」
「魯迪烏斯的話的確有可能辦到！」
「然後，聽說他喜歡胸部小的女生。」
妮娜說完這句話後望向艾莉絲，艾莉絲也低頭看著自己。
在視線前方，有著與劍士不符的豐滿胸部。
「…………不要緊。」
說著這句話的艾莉絲臉色有些鐵青。
「然後，我還聽說他攻略了傳說中的迷宮，消滅了不死身的魔王，和七大列強戰得勢均力敵喔。」
「是嗎，不愧是魯迪烏斯。這樣才對嘛。」
艾莉絲的臉上泛起紅暈。
因為她很開心聽到魯迪烏斯和自己一樣在努力。
「是個很驚人的怪物對吧。一般來說根本不會相信。」
「對吧？」
艾莉絲昂首挺胸，咧嘴一笑並哼了一聲。

「不過，我也有聽說稍微有點奇怪的傳聞。」

「什麼樣的？」

「聽說魯迪烏斯·格雷拉特很愛拈花惹草，總是有不同的女人隨侍在旁。」

艾莉絲的笑臉僵住了。

「我好像還聽說他因為自己很強，所以到處肆意妄為……」

「……」

「嗳，艾莉絲，雖然只是假設啦……」

妮娜小聲地這樣說道：

「妳該不會被他忘了吧？」

妮娜的左手以高速動作。

在下一瞬間，伴隨著「啪」的一聲接住了艾莉絲的拳頭。

「……」

儘管擋下了拳頭，妮娜卻無法直視艾莉絲那殺氣騰騰的眼神，別開了視線。

「只是傳言啦。」

艾莉絲收回拳頭，雙臂環胸。腳張開到與肩同寬，挺起胸膛，癟著嘴巴。

接著她抬起下巴，哼了一聲把臉別了過去。

「……」

「基列奴來了呢。」

艾莉絲的視線前方有四匹馬。而站在馬群前方的，是一名獸族女性。

劍王基列奴．泰德路迪亞。儘管年近四十，她的身軀依舊健壯，正牽著兩匹馬的轠繩。

而在她後面牽著馬匹的是一名妙齡美女。儘管一身旅行打扮，從那宛如流水一般的秀髮，散發出讓看到她的人都會被擄獲的魅力。

水王伊佐露緹．克爾埃爾。她牽的那匹馬上則是坐著水神列妲．莉亞。

「久等了。」

基列奴這樣說完，便將裝滿行李的那匹馬的轠繩遞給艾莉絲。

「又吵架了嗎？」

「是妮娜不對。」

聽到艾莉絲翹起嘴這樣說道，妮娜聳了聳肩。

看到眼前這幕，基列奴低喃了一聲「是嗎」後，微微一笑。

「哎呀哎呀，加爾小夥子居然沒來送行啊。」

馬上傳來聲音。在場最強的老婆婆注視道場方向，露出不悅的表情。

「師父，因為劍神大人不勝酒力。」

「昨晚的酒勁還留著嗎？一把年紀了還這麼胡鬧……對了，妮娜。現在的話妳或許會有勝算喔，去挑戰看看如何？」

馬背上的老婆婆這樣說著煽動妮娜，但妮娜只是苦笑以對。

「不，我已經決定要成為劍神的時候，會光明正大地從正面挑戰。」

「妳是個坦率的好孩子呢。放心，如果是妳，想必在不遠的將來就能贏了。加油啊。不過基本上，妳該看的或許不是上面，而是下面喔。」

「下面是嗎？無論如何，我會不枉您至今為止的教導，努力精進。」

妮娜向列姐低頭致意後，重新面向伊佐露緹。

「那麼，妳們之後有什麼打算？直到半路為止都會和艾莉絲一起對吧？」

「是的。我們會回阿斯拉王國。因為我也確定會以劍術指導的身分被王城聘用。」

「啊，是這樣啊……那我會寂寞呢……」

妮娜這樣說完，伊佐露緹露出溫柔的微笑。

「如果妮娜有機會來阿斯拉王國一趟請過來找我。讓我負責帶妳去鎮上觀光。」

「我才不要。像我這樣的鄉下人就算去了阿斯拉王國那種地方，也只會做些怪事被人嘲笑而已。」

妮娜邊說邊搔著鼻子，艾莉絲狠狠哼了一聲。

「哼。要是有人敢笑我們，砍掉就好啦。」

聽到艾莉絲駭人的言論，妮娜這才會意到三個人是什麼身分，忍不住笑了出來。

劍王、水王以及劍聖。要是有人膽敢取笑她們三人，要不是她們望塵莫及的強者，不然就是不知天高地厚的愚蠢之徒吧。

「艾莉絲，差不多該出發了。」

「知道了！」

聽到艾莉絲精神抖擻的回答，伊佐露緹露出苦笑跨上馬。

艾莉絲也同樣跨上了自己的馬。馬被粗魯地跨上去後，好似很不情願地扭動了身體，但在艾莉絲拍打牠的脖子後，沒兩下就安分了。

「大家，保重。」

妮娜的眼中不知不覺泛出淚珠。

她回想起自從艾莉絲出現後的這幾年來的種種回憶。

彼此的相遇很不愉快。一開始便受到屈辱，後來更是數次飽嚐痛苦的滋味。然而，卻也多虧如此，才讓妮娜得以化悔恨為力量。自從伊佐露緹來了以後，她那溫柔的措辭和建議更是讓自己收穫良多。要是沒有她們兩人，想必自己現在依舊和尋常劍聖沒什麼兩樣，根本不可能登上名為劍王的舞台。

換句話說，要是沒有她們兩人的話……

「嗨～這裡有您的信，麻煩簽收。」

此時，現場響起了輕浮的聲音。

感動的瞬間遭到粉碎，妮娜略帶煩躁，但還是朝向聲音的地方望去。

在那裡站著一名身穿厚重防寒用具，看似輕浮的男人。

他擺出一副根本不在意在場眾人的表情，吐著白色的氣，打算從背包取出一封信。

「真是的，是誰寄來的啦。」

「呃……這是寄給艾莉絲．伯雷亞斯．格雷拉特小姐呢。」

聽到這句話後，艾莉絲眉頭一皺，接下來的話更是讓她瞪大雙眼。

「是魯迪烏斯．格雷拉特先生寄的。」

「魯迪烏斯！」

艾莉絲立刻從馬背一躍而下，把信封從男人手中搶了過來。

然後，當她打算直接撕開信封時，男人一臉驚慌地揪住了艾莉絲的肩膀。

「等一下，麻煩妳先簽收啊。不然我會收不到報酬……」

「要簽哪啦？」

「啊，請先稍等一下。」

男人從背包裡面取出收據和筆交給艾莉絲。

艾莉絲拿起筆後思考了幾秒。因為她正在回想文字。

接著，她以難看的字跡草草地寫下艾莉絲．格雷拉特這個名字。

男人一本正經地盯著那串文字，總算確認到艾莉絲這個文字符號後，喊了一聲「好」並點了點頭。

「好的，多謝……行了。哎呀～這份工作真是有賺頭啊……」

男子接下收據後，得意洋洋地從來時路踏上歸途。

艾莉絲像是在表示那個男人去哪根本無關緊要一樣，把注意力放在信封上。

當她想馬上拆開信封，映入眼簾的是寫著「艾莉絲．伯雷亞斯．格雷拉特小姐」的這段文字。

這的確是魯迪烏斯的字。

（魯迪烏斯真是慌張。我明明已經不用伯雷亞斯這個名字了……啊，他可能不知道吧。）

艾莉絲一邊這樣想著，同時看著署名在後面的魯迪烏斯．格雷拉特這幾個字。

依舊是如此工整，卻又好像欠缺了某種感覺的文字。

回想起從前邊看著這段文字邊努力抄寫下來的事情，艾莉絲揚起了嘴角。

然後，她用指甲摳著信封邊緣試圖打開……卻打不開。喀哩喀哩、喀哩喀哩，摳了大約三次之後，艾莉絲把手放在腰間的劍上。

接著她把信扔到半空，並拔劍砍去。

「喝！」

劍光一閃。信……並沒有四分五裂，而是只有邊緣被漂亮地切開，回到了艾莉絲手上。

艾莉絲把切開的部分隨手一扔，取出了裡面的信紙。

然後，露出雀躍不已的表情開始閱讀內容。開始看，看了又看。然後，她的表情轉眼間就變化為不悅。

「吶……吶，艾莉絲，上面寫什麼？」

「……………」

妮娜這樣詢問，但是艾莉絲沒有回答。依舊擺著惡狠狠的表情盯著紙面。

「我在問妳耶。」

「很囉唆耶！只是因為很多字沒有學過，要花點時間看而已啦！」

「啊，是嗎……」

「妮娜，妳唸給我聽啦！」

「咦咦，我又看不懂字。」

「什麼嘛！看不懂字的話要是有個萬一會很傷腦筋喔！」

「講得那麼好聽，妳自己還不是看不懂！」

看到她們起了口角，伊佐露緹也從馬上下來。

「好啦，請妳們冷靜點。我來唸吧。」

「啊，嗯。拜託妳了。」

聽到伊佐露緹的提議，艾莉絲老實地把信交給她。

伊佐露緹把目光落在紙面，她先是自己好好看過一遍。然而，她的表情逐漸變得嚴肅起來。

看到最後，她發出了蘊藏著怒氣的聲音。

「……這個人到底想怎樣啊！」

「怎……怎麼啦？上面寫了什麼？」

「艾莉絲小姐，原來妳一直以來是為了這種人而努力的嗎……啊啊，實在太可憐了……米里斯大人，請祢拯救她……」

伊佐露緹這樣說完，便將雙手合十仰望天空，隨後用憐憫的眼神望著艾莉絲。

「請妳聽我說，艾莉絲小姐。妳不要去什麼夏利亞，跟我們一起去阿斯拉吧。像妳這樣的人不能被那種壞男人所騙。」

「好了啦，妳快告訴我上面寫了什麼！小心我砍了妳喔！」

「我明白了。妳聽好嘍，上面是這樣寫的。」

看到艾莉絲把手放在腰間的劍上，伊佐露緹用憤怒的語氣唸出信件的內容。

「前略，艾莉絲小姐：

別來無恙，我是魯迪烏斯．格雷拉特。

自從我們分開以後，不知不覺已經過了五年的時光。

妳是否還記得我呢？我從來都沒有忘記當時的事。

與妳共度的第一個夜晚，我在心理發誓要與妳白頭偕老。打算一直陪伴在妳身邊支持妳。

然而，那天早上清醒的時候，妳卻已經不在我的身邊。

當時的失落感以及空虛感，為我的內心帶來深邃的黑暗。

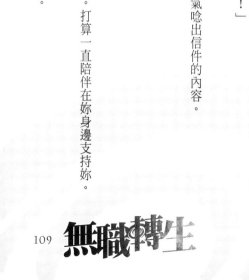

我度過了痛苦、難受、虛幻的三年……

當然，我現在並未對此事懷恨在心。

但是，如果妳能夠理解無比失落的我有著什麼樣的心情，光是如此就足以讓我感到寬慰。

那麼，此次像這樣動筆寫信，是因為有個人物告訴了我艾莉絲的心情。

我一直以為妳拋棄了我，一個人踏上旅程。

但是，那名人物說這是我的誤解，艾莉絲的內心時時刻刻都惦記著我。

其實，我現在有兩位妻子。

無論是誰，都是在我極度失落的時候幫了我一把的人。就算和艾莉絲之間是出於我的誤解，但是事實上我的確感到灰心喪志，而她們拯救了我也同樣是事實。

不過，如果艾莉絲的心意一如既往，絲毫沒有任何改變的話。

如果妳願意和我在一起，願意和我共度人生的話。我已經做好接納妳的準備。

只是，我不打算和現在的兩位妻子分開，儘管這種方式想必會讓妳難以釋懷，但我將以第三位妻子的名義迎娶妳。

倘若妳不願如此，說什麼都不肯原諒我的話，那我也已做好承受妳拳頭的心理準備。可以的話，希望妳能揍個兩三拳就既往不咎。

但是，可能的話，我不希望和妳起爭執。

即使我們無法成為家人，我也想和妳以朋友的身分建立良好的關係。

特此　魯迪烏斯．格雷拉特敬啟。」

「……」

聽到信中內容的時候，艾莉絲僵住了。

看到僵住的艾莉絲，伊佐露緹火冒三丈說道：

「這男人很過分對吧！已經娶了兩個太太這件事情本身就很奇怪了，居然還擺出『當第三個人也不介意的話就來吧』的態度！我只覺得他根本瞧不起女人！」

「是嗎？我覺得他寫的內容已經相當顧慮艾莉絲的感受了啊……？」

妮娜雖然聽了信上的內容後板起臉孔，但卻做出這樣的反駁。

「顧慮？都過了這麼久才寄來一封信，裡面甚至連一句我愛妳都沒寫耶！明明如此，卻還在那說接納什麼的，一副高姿態的語氣！我沒有辦法對這個叫魯迪烏斯的人有好感！」

「信上不是也有寫到他以為自己被艾莉絲拋棄，這三年來過得很痛苦嗎？把他扔在一旁的艾莉絲也有責任！」

「那肯定是他的片面之詞！反正他就是只想要艾莉絲的劍術本領，再不然就是身體！」

「這個嘛～如果只是看上這些就把艾莉絲放在自己身邊，風險是不是太高了點啊……」

妮娜小聲地唸唸有詞，伊佐露緹則是氣得火冒三丈。

艾莉絲維持雙臂環胸的姿勢仰望天空。然而她的眼眸如今已映不出任何東西。

儘管天空一片湛藍，但內心卻是一片空白。

「咦？還有一張紙喔。」

此時，伊佐露緹發現在信封裡面還有另一張信紙。

她取出紙後唸出內容。

「呃……我看看。」

「附筆：

我之後要去挑戰龍神奧爾斯帝德。

我不清楚是不是能贏。當這封信送達的時候，說不定我已經不在人世。如果我能活著回來，我們再繼續談這件事吧。」

唸完這段內容後，伊佐露緹的表情僵住了。

妮娜也是相同。她們的表情只能用顫慄來形容。挑戰龍神奧爾斯帝德這句話，讓她們感覺背脊一陣發寒。

然而，只有艾莉絲的嘴角掛上了笑容。她的眼神恢復光輝，寄宿著決意與激情的火焰。

「不快點的話會來不及呢。」

說完這句話後，艾莉絲跳上馬背。

「走嘍，基列奴！」

艾莉絲這樣大叫，駁馬前行。

馬兒踏雪疾馳，基列奴則緊跟在後。
兩人將剛才來送信的男人撞飛之後，沒兩下就馬上遠去。
妮娜和伊佐露緹只能目瞪口呆地目送她們離去的背影。

第六話「準備」

和人神對話之後過了一個月。
在這段期間，為了打倒奧爾斯帝德的準備也確實地進行。
要殺死奧爾斯帝德很困難。奧爾斯帝德是這世上最強的存在。當然，這表示他比瑞傑路德、阿托菲以及佩爾基烏斯這些人還要壓倒性地強大。
打不贏他們的我，要怎麼做才能打倒奧爾斯帝德？
如此這般，我姑且先制定出三個方針。
三個。正所謂無三不成禮。小豬也是三隻，護身符也是三份。
一、製作魔導鎧。
二、尋找伙伴。
三、摸索戰鬥方法。

首先是一，製作「魔導鎧」。

假使日記上所寫屬實，只要打造出魔導鎧，我就能獲得與列強並駕齊驅的體能。未來的我在獲得這個後似乎變得十分強大，所以這對我絕對必要。

因此，我首先在魔法都市夏利亞郊外買下了一間小屋。

原本我打算在空中要塞製作，但沒有獲得佩爾基烏斯的允許。

當時佩爾基烏斯所說的話就留待後述。

我找了札諾巴和克里夫幫忙協助。儘管我沒有詳細說明，但他們依舊答應了我的請求。

我拜託克里夫製作應用「札里夫義手」的系統，拜託札諾巴設定全體的設計以及驅動部分。

他們兩人聽了名為「魔導鎧」的兵器概要後，眼睛頓時閃閃發亮，很快就在腦中掌握了外型。

儘管這個世界應該不存在動力服那種玩意兒……但男孩會憧憬著這種東西，是在任何世界都不變的真理。

然後，我也拜託希露菲和洛琪希幫忙。

我決定讓洛琪希負責全體的監督工作。

雖然我自己擔任監督也未嘗不可，但只有我可以做出作為魔導鎧裝甲的高硬度岩石並進行加工。這部分需要花費時間和魔力，讓我沒有餘裕顧及其他事情。

希露菲能以無詠唱使用土魔術。而且她對轉移魔術也略有研究，因此對魔法陣也很熟悉。真要說的話，她的實力著實高人一等。

由於她無所不能，因此我讓她充當洛琪希的助手，在人手不足的時候負責從旁協助。

被我這樣拜託，希露菲露出開心的表情說「交給我吧」。

總覺得很久沒有看到希露菲這麼開心的表情了。

最近我或許讓她太過壓抑自己了，真是對不起她。

好啦，我一邊推進上述的進度，同時著手尋找第二名伙伴。

當初其實有想過要一個人戰鬥，但我沒有那個能力。畢竟我不像未來的魯迪烏斯先生那樣具有豐富的實戰經驗。

然而遺憾的是，我找不到實力足以和奧爾斯帝德一戰的伙伴。

巴迪岡迪不見人影，瑞傑路德也不在。佩爾基烏斯也理所當然地拒絕了我。

另外，佩爾基烏斯還這麼說：

「在這個世上，有三個人不能與之為敵。那就是技神、鬥神以及龍神。尤其龍神奧爾斯帝德在這三人之中更是特別強大，而且毫不留情。你想保護家人的決意的確值得敬佩，我也想詢問有關人神的事情……但我不會參與。因為在拉普拉斯復活之前，我可不想送死。」

原本還想說能不能順利拉攏他成為伙伴，看來是沒辦法。

以他的立場來看，應該要認為他沒有來妨礙我就值得慶幸了吧。

除了佩爾基烏斯以外，我找不到有可能對抗奧爾斯帝德的人物。

儘管我有想過擁有高強臂力以及絕大防禦力的札諾巴或許有機會一戰……但是阿托菲可以

對身為神子的札諾巴造成物理傷害。我不認為奧爾斯帝德辦不到這點。

我不希望札諾巴死去，那傢伙是我的摯友。

當然，我也不希望克里夫或是艾莉娜麗潔喪命。

想到這裡，就覺得沒有人可以和我並肩作戰。

突然，我的腦海浮現了艾莉絲的臉。不知道她什麼時候會來這裡？從日記上看來，她的實力似乎足以和穿上魔導鎧的我戰得勢均力敵，甚至略勝一籌。不知道她是不是願意和我一起與奧爾斯帝德一戰……

不對，在是否一起戰鬥以前，她更是我必須清算過去的對象。

突然就拜託她幫忙，這樣實在過於自私。

第二點就暫時先放在一旁，先看第三點，摸索戰鬥方法。就是模擬戰鬥。

要獨自戰鬥，並確實殺死對手。

既然目標這麼明確，仔細想想應該有數之不盡的作戰計畫可以運用。

到時周圍沒有自己人，只要想辦法拉開和敵人的距離，就能夠使用廣範圍的攻擊魔術。

範圍很廣，相對的就意味著難以迴避。

雖然我覺得使用像雷光(Lightning)那種能把威力集中在一點造成傷害的攻擊，直擊對手是最好的方法，但想必奧爾斯帝德能輕鬆迴避。

既然如此，我認為從超遠距離反覆使用廣範圍攻擊持續累積對方的傷害才是明智之舉。

如果距離遠到對方無法用肉眼確認我的位置，自然也無法使用亂魔（Disturb Magic）。

或者，只要趁奧爾斯帝德疏忽大意的瞬間連番攻擊，說不定就能攻破他的防禦。

為此，我也可以試著設置陷阱。引誘他到杳無人煙的地方，在那裡放著奧爾斯帝德會親手拿取的東西，當他拿取的瞬間就轟隆一聲爆炸。然後，我再從遠方朝著爆炸的位置擊發魔術。

這麼一想，我認為設置陷阱從遠距離轟炸戰法是個妙招。

問題是要用什麼方法才能把他叫到設有陷阱的地方。

要把七星當作人質好呢，還是要用人神當作誘餌好呢？不管哪個方法都似乎可行。

話雖如此，光憑遠距離攻擊當然無法徹底打倒他。搞不好有機會一鼓作氣打倒他，但還是假設沒辦法徹底讓他倒下的狀況比較妥當。

到了那一步，就是裝備魔導鎧打接近戰。是我未知的領域。

我的認知能否跟得上以極限高速展開的戰鬥呢……唯獨這點，不實際啟動魔導鎧試試是不會知道的。

一想著這些事，就讓我想起了剛來到這個世界的時候。

我當初為了打贏保羅，盤算了各式各樣對策的那個時候。雖然我想要在保羅還是全盛期時贏過一次……結果還是沒能如願。

但是，當時想過的戰鬥方法已確實在我心中扎根才對。

綜合魔術和體術的三次元戰鬥方式。

不論對手有多麼強大，基礎是不會變的。不讓對手接觸，由我單方面發動攻擊。不給對手一絲喘息機會，始終由我迫使對手做出選擇。

這種戰鬥方法是最好的。

然而，奧爾斯帝德除了亂魔以外還有龍門。除此之外肯定還有其他壓箱絕活吧。狀況按照我的計畫進行的可能性基本上可以說沒有。

陷阱、奇襲，只要再添加一項，是否就能贏過他了？

看來我有必要好好想想。

策劃三件事，執行的只有兩件事。

老實說，我很清楚自己正感到著急。視野也變得狹隘。

我明白應該要再進行更多思考和嘗試才是明智之舉。

應該要花上十年左右的期間，運用各種手段把奧爾斯帝德逼上絕境，這才是最好的做法。

但要是我那麼悠哉，一旦人神在途中改變主意，當回過神來才發現有人已經死了，我肯定會後悔莫及。

於是，就在我展開行動的時候……人神又再度出現在夢裡。

★
★
★

白色的場所。我位於無之世界的中心。

「哎啊～比想像中還要順利嘛。」

嗯。我會按照你說的，和奧爾斯帝德戰鬥。

「只是戰鬥可不行喔。你要確實殺了他才行。」

你心情很好嘛。看到我在你的掌心上跳舞就這麼開心嗎？

「因為不知道會發生什麼事，實在讓人很期待嘛。」

是嗎？不過話說回來，你出現的時機挑得這麼剛好，表示你以前說必須波長相得才能出現是騙我的嗎？

「嗯，是騙你的。」

這傢伙真厚顏無恥……

照這樣看來，你說只能和限定的對象進行接觸也是騙我的吧？

「嗯，是騙你的。不過這樣有被神選中的感覺，很特別對吧？」

嘖……算了沒關係。再過一陣子，我就會告訴希露菲和洛琪希我要和奧爾斯帝德戰鬥。

如果我打輸喪命，到時我們家世世代代肯定會把奧爾斯帝德當作可憎的殺父仇人。

所以……

「命運不會因為這點程度動搖。如果你沒有確實幫我殺了他，我就會抹殺你的小孩。不管要花上幾年。」

居然說抹殺，別講得那麼嚇人啊……

算了。不管怎麼樣，要完成魔導鎧還需要花上一段時間。畢竟在理論上也是初次涉足的領域，克里夫也為此傷透腦筋。雖然我也是以十萬火急的速度在趕工啦……但是我想應該還得再花上半年時間。

「克里夫的話，應該有辦法編成魔法陣提高岩石本身的硬度。你只要負責處理物理硬度所需的外殼和關節部分即可。然後，身體部位的魔法陣別用溫德式，只要應用亞雷斯塔爾式就好。這樣傷腦筋的部分應該就可獲得解決。」

哦……哦？

「再來，你可以跟札諾巴說大小要再稍微大一號。儘管這樣一來會更加損耗能量，但可以在魔法陣下面再鋪上別的魔法陣。只要在追加的魔法陣上編入用來修復其他魔法陣的魔法陣，這樣一來就算機體的大部分都遭到破壞應該也能運轉喔。」

咦……咦？你對這方面也很清楚嗎？

「我是人神（HITOGAMI）嘛，因為我知道鬥神鎧，好歹也能幫你提出建議。」

人神……話說起來，你在這個世界好像被稱為 JINSHIN 吧。

這是怎麼回事？人神是假名？

「JINSHIN只是類似綽號那樣的稱呼啦。人神HITOGAMI。這就是我的名字。只是JINSHIN這個名字好像在不知不覺間變得比較有名。」

根本就是胡說八道嘛。算了，現在你的名字根本無關緊要。

是說，我能贏嗎？用那個魔導鎧、陷阱和奇襲作戰有辦法贏過奧爾斯帝德嗎？

「我也不知道……不過，你的魔力和拉普拉斯相當。只要全力以赴，應該會有不錯的成果吧。」

真隨便啊。你就不像往常那樣透過建議告訴我戰勝的方法嗎？

「那你就用魔道具吧。只要注入魔力就能擊發魔術的魔道具，在夏利亞應該到處都有得買才是。為了讓一般人可以使用，那種東西會抑制消耗魔力，不過只要有心想提高消耗魔力的話其實並不存在上限。就像你們做的『札里夫義手』一樣。只要事先準備好幾個只能透過你的魔力才有辦法使用，能夠擊發大出力魔術的魔道具，這樣一來不僅可以用來對付亂魔，還可以增加攻擊次數。」

哦……哦。這次你的指示倒是挺具體的。

「因為你比我想像中還要更有幹勁。那我當然也會不吝協助。畢竟，我是真心希望奧爾斯帝德死掉。」

……感覺有什麼見不得人的內幕啊。

其實你剛才說的魔導鎧製作方法，如果照做的話是不是會爆炸啊？

「……你剛才這句發言，是以誰的性命為賭注啊？愛夏嗎？諾倫嗎？莉莉雅嗎？塞妮絲嗎？」

嘖……

「我看不見奧爾斯帝德的未來。這當然也包括你們戰鬥的結果。所以我不知道啊。」

是嗎？可是既然看不見的話，表示你也不知道敗北的未來對吧。

「就是這樣。」

話說，你明明看不見奧爾斯帝德的未來，為什麼你會知道我的後代會和奧爾斯帝德聯手？

「雖然我看不見奧爾斯帝德，但至少能看見自己的未來。我看見你的後代和不認識的男人一起包圍我，其中也包含了奧爾斯帝德。」

表示你看得見自己將會看見的情景嗎？後來怎麼樣了？

你被狠狠修理一頓了嗎？

「沒錯，毫無還手餘地，被殘忍殺死。」

哦～……話說回來，你為什麼會被奧爾斯帝德盯上？該不會是你做了什麼過分的事，讓他甚至想殺你報仇吧？

「這個嘛，這我就不清楚啦。對於他這個人我完全沒有印象。」

是不想告訴我嗎？還是說你真的沒有頭緒呢？

算了，怎麼樣都無所謂。你的話裡滿是謊言，反正不管你說什麼都無法讓人相信。

「真過分啊，我話先說在前頭，會讓你吃虧的謊言，只有在地下室的那一次而已喔。」

在那之前的建議不就是為了讓我聽信地下室那次的謊言嗎？

「嗯，沒錯。不過，要是你和洛琪希不要生下什麼小孩的話，我也就不用說謊了。」

既然這樣你就明講嘛，直接要我別和洛琪希生下小孩不就得了！

為什麼要做那麼拐彎抹角的事情！

「因為你們就是會生下啊。無論我再怎麼苦口婆心，你還是會和洛琪希生下小孩。彷彿未來已經那樣註定似的。就算我再怎麼修正……無論修正再多次，最後還是會到達那個未來。」

你說註定……不，抱歉對你發火。就結果來看，我的確和洛琪希結婚並讓她懷孕。仔細回想的話，就連我也覺得自己有時會採取一些奇怪的行動。

原來那就是命運啊。既然你對那種命運不滿，那我會動手的。

人神，我會按照你的吩咐，殺了奧爾斯帝德。

但是在那之前，有件事我想事先聲明。

「怎麼啦？」

如果我殺了奧爾斯帝德，麻煩你不要再和我扯上關係。

也不要再對我的家人動手。跟我約定吧。

「你基本上壓根就不認為我會遵守約定吧？」

我是不認為。雖然我不認為……還是說，只要殺了奧爾斯帝德就放過我那件事也是騙人的？

再這樣下去，我會開始思考是不是投靠奧爾斯帝德與你為敵還來得比較好喔。

「試試看啊。我確實殺不了你，也殺不了奧爾斯帝德。但你得做好心理準備。你將體會到與我為敵是怎麼一回事。」

這句話也有可能是你虛張聲勢。實際上你也只能嘴上說說而已。要讓我去做什麼事情其實也相當拐彎抹角……會像這樣威脅我，其實也是因為你害怕與我為敵不是嗎？

「那是因為你的命運很強，我只是想利用這點早點摘除幼苗而已……唉……算了，沒關係。反正我說什麼你也不會相信。你就像那樣過度低估我的實力瞧不起我吧。再見。你就好好後悔吧。」

啊……不是，對不起。剛才的不算。先等一下。

我……只是想要有個擔保而已。你說過如果我輸給奧爾斯帝德，你就會殺死我的家人。那麼相反的，就算我殺了奧爾斯帝德，你也有可能突然反悔殺害我的家人吧？要我在這種狀態下打倒奧爾斯帝德，該怎麼說，就是動力那方面的問題啦，這樣很難吧？

「……呵，也對。好吧，就和你約定吧。我就以人神（HITOGAMI）之名保證會遵守這個約定。如果你戰勝奧爾斯帝德，我自然可以高枕無憂。沒有必要和你再有任何瓜葛。你、你的妻子、你的長輩、你的姊妹、你的後代甚至到你的寵物，我都不會再動手動腳，從旁插嘴。」

是真的吧，你可要遵守約定喔。

「不然的話，如果你的家人陷入險境，到時要我動動這張嘴也行喔。」

……我已經不需要你的建議了。

「是嗎？那你加油吧。」

伴隨著回音，我的意識逐漸模糊。

★ ★ ★

作了那個夢之後，又過了一個月。

魔導鎧的製作進度十分順利。

我按照人神所說，將魔導鎧做得稍微大了一號。

高約三公尺，大小約為奧〇拜特拉的一半。（註：出自《聖戰士丹拜因》裡面的機器人 Aura Battler）

日記上記載的魔導鎧頂多覆蓋我全身，不過成品比那還要再大一些。

試著做大一點後也發現了許多事情。以技術層面來說大的比較輕鬆，堅固性也相對更高。

要做得更大一點的方案實在非常正確。

我把人神建議的事情告訴克里夫後，他就擺出一臉恍然大悟的表情埋首製作，三兩下就把一直以來停滯不前的部分搞定。原本想說會花上半年，看來會比預期的更早完成。

根據預定，應該再花一個月左右就能完成。

居然只花三個月……要不是處在這種狀況，我應該會坦率地感謝人神吧。

說來真是諷刺。未來的我為了打倒人神而做的魔導鎧，居然會因為人神的建議而完成……

這樣一想，果然會讓我懷疑其中是不是有什麼內幕，但動手製作的是札諾巴和克里夫。

我信任他們兩人。

我也試著去找了人神說的魔道具。

這件事有洛琪希幫忙，我們很快就找到人神所說的魔道具。

那是有著魔杖外型的魔道具。只要喊一聲「射穿」就能啟動，發射初級魔術。

以魔道具來說比較大眾化，威力也沒什麼了不起。如果是想要遠距離攻擊的盜賊什麼的偶爾也會拿來使用。概括人神所說，只要加以改造這個魔道具，讓它足以承受我的魔力量，就可以擊發我平常使用的岩砲彈。

此時，我突然有了個想法。

要是我進一步增加出力，使其能灌注源源不絕的魔力達到連發效果，再把這些做出十把捆在一起的話——是不是就能把我平常使用的岩砲彈變成像加特林機槍那樣連續射擊？

我把這個點子告訴洛琪希後，她面無表情地點了點頭。

「因為魯迪的魔術雖然強力，但只能一發一發地攻擊呢。真是不錯的主意。我認識的魔術師有魔道具製作師，我去拜託她看看吧。」

洛琪希說完後，就幫我聯絡了一名最近認識的魔術師。

她是在這一帶很少見的長耳族女性。雖然長耳族都是眉清目秀，但那個人整片指甲烏漆抹黑，臉也黑不溜丟的，儼然是個行家。

她聽了我的話後對這個主意感到驚訝，同時也這樣對我提出警告：

「可是，如果按照你要求的方式製作，每一發都會消耗過大的魔力，你很有可能會被魔道具吸盡魔力而死喔。」

有可能會死。這就是人神的目的嗎？但是我一天可以擊發的岩砲彈應該不只一兩萬發吧。大概。

……算了，沒關係。當我魔力耗盡的時候，就是我輸給奧爾斯帝德死去的時候吧。

這次如果不徹底揮霍魔力，戰鬥到極限為止的話，是贏不了的。

「沒有問題，拜託妳了。」

說完這句話後，長耳族的行家無奈地點頭答應。

總之，這樣一來就取得了近距離戰鬥的武器。就祈禱它能派上用場吧。

「魯迪。」

歸程途中，我和洛琪希小聊了一會兒。

「雖然我不知道你要和什麼戰鬥，但那是不製作那種東西就無法戰勝的對手嗎？」

「就算沒那種東西，我當然也能取勝。」

我為了讓洛琪希放心誇下豪語，但洛琪希卻露出疑惑的眼神看著我，嘟起嘴巴說道：

「以前的魯迪明明是不會撒謊的好孩子，最近卻總是說謊和隱瞞。」

被她那麼一說實在難受。算了，我倒是認為從以前我就很常說謊和隱瞞。

「抱歉……」

「不會，沒關係。因為我也隱瞞了一件事。可是，魯迪。我現在有好好向身邊的人商量。魯迪，就算那個人不是我也沒關係……你應該有找人商量吧？你沒有獨自承擔煩惱吧？」

「我沒事的。」

關於洛琪希隱瞞的事，其實我已經猜到了。

她最近不太願意讓我做色色的事。

雖然一部分是因為我沒有主動拜託，但她似乎也有刻意避免話題朝向那個方向。

日記上也提及是現在這個時期，她果然已經懷孕了吧。雖然還沒有開始孕吐，但可以看出味覺已產生變化。

不知道她什麼時候才會願意對我發表呢？是進入安定期的時候嗎？還是說她打算一直保密下去，直到我這件事告一段落呢？不管怎麼樣，還是希望她能在我和奧爾斯帝德戰鬥前發表。到時我想要盛大地慶祝一番。

畢竟，這說不定是我最後一次的宴會。

第二天，我去拜訪七星。

原本想說會被禁止進出空中要塞，沒想到意外乾脆地就放我進去了。

佩爾基烏斯明明懼怕奧爾斯帝德，對這部分還挺寬容的嘛。

「我還以為會禁止我出入這裡。」

「佩爾基烏斯大人對即將赴死之人非常寬大。倘若您想和七星大人做最後的道別，自然也會允許這樣的行為。」

我問了一下，希爾瓦莉爾乾脆地這樣回答。

看樣子，我好像已經被認定會慘敗然後死去。

這次讓我入城算是幫我實現最後的願望是嗎？算了，嗯。我就欣然接受吧。

七星看起來很有精神。

她似乎從魔法大學的研究所帶了幾樣私人物品過來，房間也變得較有生氣。放在窗邊的瑞傑路德人偶，想必是札諾巴送的禮物。十字架的擺飾應該是克里夫送的吧。在感到苦惱的時候，果然還是要有個可以仰賴的神明。

我在來到這個世界前壓根不相信什麼神，但現在已改變想法。

「如此這般，大致上的準備工作已經就緒，所以我想和妳商量一下引誘他上鉤的方法。」

「……我知道了。不過我想你也明白，奧爾斯帝德很強喔。」

「嗯。」

「而且毫不留情。雖然不清楚他挑選對手的基準是什麼，但他對想殺的對手不會有任何猶豫。」

「……」

「我和他在一起有幾年的時間，但從來沒看過他陷入苦戰。就連巨大的龍也只用僅僅一擊……」

「拜託妳不要像那樣嚇唬我了好嗎？」

「對不起。可是，你不重新考慮一下嗎？殺了奧爾斯帝德什麼的……」

「所以說……」

「啊，對不起。我知道了。」

總覺得開始不安了。

我真的能贏嗎？

「總之，我不推薦從正面和他開戰。」

「是啊。雖然我也提升了不少體能，但完全不覺得會贏。」

「把他引誘到某個地方，然後……你自己在躲起來的同時用魔術攻擊，我想這應該是最有效的方法。」

「唔──沒有什麼其他主意嗎？」

「我想想……啊。」

「想到什麼了嗎？」

「……我也是下定決心幫你才說的。」

「是。」

七星吞了一口口水，這樣說道：

「我認為下毒說不定有效。」

下毒啊。雖然在這世界有解毒魔術，但也存在著現存的解毒魔術無法醫治的疾病和劇毒。

雖然我不清楚奧爾斯帝德管對這方面精通到什麼地步……

即使如此，應該也有管用的毒才是。只要去問愛麗兒就能讓她幫我準備。

畢竟她是王族，感覺對那方面應該很熟悉。

「毒、陷阱、遠距離攻擊，還有……對了，七星，妳可以當我的人質嗎？」

「你說人質……是可以啦，但我不知道奧爾斯帝德會不會顧慮我喔。」

「說得也是……況且要是跟我合夥的事穿幫，連七星也受到波及就糟了……」

「啊，對……對耶。我沒想到這點。」

算了，放棄吧。站在自己的立場思考的話，這種做法就和人神對待我的方式相像。因此，

雖然我知道這十分有效，但卻會帶給對方更多的「幹勁」。

在戰鬥時不能長他人志氣，這點至關重要。
「還有沒有什麼其他想法？」
「這個嘛——如果是在之前的世界，和強敵戰鬥的漫畫會是什麼樣的狀況？」
「就算參考漫畫，我想應該也不會釐出什麼好結論……」
……
後來，我和七星稍微商量了一陣，想到了幾項計策。
連我自己都覺得盡是些狡猾的策略。儘管我不認為這種耍小聰明的技倆會對奧爾斯帝德管用……
不，就算是耍小聰明，只要反覆運用就能延續攻勢。
應該不可能完全不管用才是。
「那麼，那個……加油喔。」
「嗯。」
「要是你沒有回來，我八成也回不去了。」
和七星交談過後，我歸納好引誘奧爾斯帝德出現的計畫。
我也向愛麗兒申請協助。
我問了無法解毒的毒藥後，她的臉色有些不太好看。

不過，即使如此她還是幫我介紹與自己有交情的地下工作集團。

那個集團就像是盜賊團的升級版，所以正確的說法應該是黑手黨或暴力團，算是交易毒品和私售品的組織，似乎也願意為我製作暗殺用的毒。

在成員的帶領下，我來到魔法都市夏利亞的廢屋地下，那房間瀰漫著聞起來甘甜的煙。在那裡等我的人是負責交涉的獨眼男子。

「幸會，魯迪烏斯先生，初次見面。」

他似乎認識我，用下流的表情笑了出來。

「你今天想要什麼貨啊？是可以慢慢折磨對方的，還是一下就讓人倒下去的？會讓雙腳麻痺動彈不彈的，還是針對魔術師的那種會讓舌頭麻痺的？也有會讓女人傾盆大水的那種。如果辦起事來枯燥乏味，我推薦你不妨一試。」

從毒藥到麻痺藥，甚至連媚藥都有經手。正合我意。

「我全都要。」

「全都要……是沒有關係啦，但會有點貴喔。」

「沒關係。」

「嘿嘿～你有那麼想殺掉的對象啊……那麼，夜晚用的要怎麼辦？」

「這個嘛──」

突然，我的腦海閃過毒藥對奧爾斯帝德不管用的可能性。

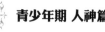

使用解毒魔術無法管用的毒，這種事應該任誰都可以想到。
奧爾斯帝德好像擁有被人討厭的詛咒，所以他對毒殺應該也有所防範。
或者說他對毒藥具有抗性，還是持有著萬靈藥之類的道具也說不定。
「那個也麻煩賣我。」
「嘿嘿嘿～就算是你，也想看到平常威風凜凜的太太在床上變得神魂顛倒嗎？」
「我的妻子在床上可是很愛撒嬌的。」
「哦～那個沉默的菲茲啊……真是無法想像。」
雖說不是用媚藥就會管用，但說不定可以期待。
如果能讓他的身體狀況下滑，不管什麼都值得一試。
我腦海中這樣胡思亂想，購買了藥品。

我像這樣一邊採取行動，同時也尋找和奧爾斯帝德的決戰場地。如果是設定為一個人戰鬥，就必須選擇離城鎮很遠的地點才行。得是個遠離城鎮，周邊沒有人，而且可以設置陷阱的場所。我在冒險者公會募集那種場所的情報，獲得情報後，就自己親自造訪該處進行探勘。
另外，關於製作陷阱的方法，我也麻煩艾莉娜麗潔介紹冒險者講解技巧。
指導我的冒險者原本是名暗殺者，因此知道許多專門用來對付人的陷阱。是看穿對方心理的陷阱。

事實上我自己也測試了幾個，不論我再怎麼小心，依然還是中了招。
儘管我完全不認為奧爾斯帝德會落入陷阱，即使如此，有總比沒有好。
另外，我也向艾莉娜麗潔請教有關近身戰的戰鬥方法。
她擅長的是組隊進行戰鬥，在一對一的對人戰方面並不怎麼出色。
但是，她活了很長一段時間，想必在戰鬥上累積了豐富的經驗。
何況她至今已經不只一次對上比自己更強的對手。她的體能明明不是那麼突出，但是依舊能活到今天。因此她的教導肯定十分受用。
雖然以這個層面來說，我會覺得這種時候要是瑞傑路德在的話就好了，但是拜託不在的人也無濟於事。況且佩爾基烏斯也不願幫我。
在接受專家指導的同時，我也事先假想裝備魔導鎧時的動作。
在魔導鎧上裝載魔道具，用岩砲彈拉開火網的同時進行戰鬥。
到時想必會一邊往後退一邊進行戰鬥。拉開火網，用泥沼和濃霧限制對手行動，看準破綻賞他一發大招。
方針越來越簡單易懂了。
最後，我解禁地下室，面向神龕做了戰勝祈願。
殺死老鼠後過了兩個月。如果要相信未來的我所說的話，經過了這麼久的時間，魔石病的病菌和病毒應該已徹底滅絕。但是，我現在依舊禁止洛琪希出入，並規定進出的人必須徹底洗手漱口。雖然這可能只是單純的自我安慰。

順帶一提，我也試著翻找這裡，試圖尋找是不是有好東西能拿來對抗奧爾斯帝德。

然而，放在地下室的魔力附加品盡是些破銅爛鐵。

這些破銅爛鐵雖然因為「冰霜新星（Frost Nova）」的影響而一度遭到凍結，不過還是能順利運作。

一旦戴上，想要脫下的時候就會從裡面冒出水的帽子。

戴上後額頭的寶石就會發光，用來代替手電筒的頭盔。

打開後會從裡面冒出滾滾濃煙的小箱子。

想要突刺對手時，刀身會變得像橡膠一樣鬆軟的短劍。

穿上後會散播惡臭的鞋子。

還有其他雜七雜八的物品。

盡是些暫且塞進倉庫，但不知道要用在何處的東西。就算是這類物品，在街頭賣藝時總能派上用場吧……

但是冒出煙霧的小箱子應該能用。

我是想設法讓奧爾斯帝德戴上這些裝備，但實在頗具難度。

畢竟要是他脫下，到頭來也沒有意義。不過或許可以用在某些地方。就帶幾個去吧。

離開地下室時，我面向神龕，再次做了戰勝祈願。

因為這件事很重要，要做兩次。

準備已經慢慢就緒。

然而，我的心中始終留著一縷不安，久久無法散去。

第七話「準備完成」

儘管不安仍在，時間還是會無情流逝，後來又過了一個月。

魔導鎧第一號總算完成。

到完工只花了三個月。因為從途中開始就大肆揮霍金錢，僱用人手讓他們進行單調作業，因此才有辦法提早完成。

大小就如同預定一樣，大約三公尺。

因為我預定在森林裡戰鬥，配色是以黑色、褐色以及深綠色三色進行調色。由於全身都覆蓋了我製作的粗獷裝甲板，外型又矮又胖，與帥氣二字無緣。

搭乘時要從背後。機體背後開了個人型的空間，塞進去裡面即可穿上。

只要魔力流通，就可以像自己的身體那樣行動，以手動方式裝上背部的裝甲板。

在這個背部裝甲板上設置了某個魔法陣，只要透過我一句話就可以自動分離，讓我可以從鎧甲緊急逃脫。

右手裝備了之前提及的加特林機槍。

是用來發射岩砲彈的魔道具。只要我全力注入魔力，就能夠以秒為單位打出十發我能使用的最高等級岩砲彈。假如是一般魔物，想必會在瞬間就變成肉塊。

這同時也是針對奧爾斯帝德的亂魔採取的對策。

左手裝載了吸魔石。我原本打算以亂魔對應對奧爾斯帝德使用的魔術，但根據狀況也有可能無法完全應付。這顆石頭可以消滅已經成形的魔術，在來不及使出亂魔的時候也能派上用場。還是裝上比較妥當。

姑且也準備了盾牌作為接近戰時用的武器。

雖說我多少也會用劍，但肯定對奧爾斯帝德不管用。因此我得到的結論是在接近戰鬥時以重視防禦為主。況且，與其臨陣磨槍使用劍應戰，拿具有重量的硬塊直接敲擊還比較能給予更大的傷害。

防禦可以成為最大的攻擊。這是戰車的理論。

順帶一提，盾的前端裝上了保羅使用過的劍。

不是諾倫持有的那把，而是交給愛夏的那把具有無視防禦效果的魔劍。

雖然我不清楚這對奧爾斯帝德是否有效，但為了以防萬一還是也帶上這個吧。

結果，整體變成了再怎麼樣也不會用威風凜凜這個詞彙稱呼的風貌。
與這個世界不相襯的迷彩顏色、加特林機槍、附有劍的粗獷盾牌。
這樣的物體，正躺臥在魔法都市夏利亞郊外的大地之上。
由於太過笨重，穿上後如果不讓魔力流通，就連站起來都辦不到。
「喔喔，好帥啊。」
「哎呀哎呀，有股厚重感，感覺還不錯呢。」
「是嗎？我認為魯迪適合更加俐落的造型……」
「老實說，我也覺得很俗氣。」
「……感覺很像魔物。配色方面不能再想點辦法嗎？」
克里夫和札諾巴滿意點頭，但是女性陣容卻給予負評。
這部分應該就是男女之間的感性差異吧。不對，茱麗倒是一臉滿足，不該擅自以偏概全，斷定所有女性都是同樣意見。
如果能平安活著回來，也問問愛夏和諾倫的意見吧。
是說，造型什麼的根本無關緊要。
「……好啦，我接著打算開始進行最終測試。」
重新振作精神後，我環視所有人。

希露菲、洛琪希、札諾巴、克里夫、艾莉娜麗潔。茱麗和金潔也在場。

七星不在。雖說我請她幫忙引出奧爾斯帝德，但是她有著回到原本世界這個目的。因此，形式上只是「被我威脅硬逼她協助」，所以她沒有和我們一起行動。

她現在應該在空中要塞向佩爾基烏斯學習召喚魔術吧。

不過基本上，就算這樣她還是有可能被奧爾斯帝德殺死，七星雖然鐵青著臉，但還是說了一句「那也沒辦法」，默默接受這個事實。

「那麼，我就在旁邊參觀嘍。」

說完這句話後，洛琪希和茱麗便在設置於稍遠處的參觀用椅子坐下。

洛琪希的肚子還沒有很明顯，但已經變得滿大的了。

畢竟也快要瞞不住了，真希望她能快點向我報告。

不對，是說現在這個狀況對我來說不太妙啊。

等打完這場戰鬥，我的孩子就要出世了……

不對不對不對。別去想那種事。不安是打亂集中力的主要因素。

我可以贏，孩子也會出生，我要為生下來的小孩取名，為了生出第三個小孩努力。

那樣的未來正在等著我呢，很好。

「那麼我要搭上去了，希露菲、札諾巴和艾莉娜麗潔小姐。請你們三位同時攻過來。麻煩克里夫用識別眼幫我確認，要是注意到什麼的話再告訴我。」

「知道了。」

「了解。」

兩人點頭同意，相對的艾莉娜麗潔卻是抬起雙手退到後方。

「不好意思，就讓我在旁參觀吧。因為感覺會受傷嘛。」

話說起來，據日記上所寫，艾莉娜麗潔應該懷孕了來著？

仔細一看，腹部那一塊確實鼓鼓的。

我剛才那樣實在不夠機警。

「也對，要是小孩流產就糟了嘛。請妳和洛琪希一起在旁觀摩吧。」

「咦？小孩？」

發出驚愕聲音的人是克里夫。

他猛然回頭，仔細盯著艾莉娜麗潔的肚子。

「小孩……妳……妳懷孕了嗎？」

「因為詛咒停下來了，十之八九應該沒錯。」

「妳說詛咒停下來了……咦？可是……怎麼會，我們不是和平常一樣，那個……一直都在做嗎！」

「是一直在做呢。」

「是誰的……難道，該不會是，魯迪烏斯的吧？」

「我可是會生氣的喔，克里夫。」

「可……可是……」

「你要是那麼不相信的話，就自己親眼確認一下嘛。雖說我不清楚用識別眼能不能看得出來。」

「喔……好。」

被這樣催促，克里夫取下眼罩並走向艾莉娜麗潔。

克里夫把臉貼得十分靠近，甚至讓人以為他要吻向艾莉娜麗潔的下腹部。

感覺好像還能透視到子宮深處一樣。

但可能就算這麼做還是不明白，克里夫緩緩地掀開了艾莉娜麗潔的裙子。

「哎呀，克里夫真是的，大庭廣眾之下居然這麼大膽……」

「麻煩妳先安靜一下。」

「是是是。」

聽到克里夫拚命的聲音，艾莉娜麗潔聳了聳肩。不過話又說回來，把頭鑽進長裙裡面，感覺真是猥褻。下次要不要找洛琪希還是希露菲試試看呢……

希露菲穿著長裙的模樣肯定很合適。

……不對，現在沒有思考那種事情的餘裕。

「……是真的。」

克里夫一臉鐵青地從裙子裡鑽了出來。難道識別眼甚至連這種事情都能判別嗎？或者說他眼前出現了孕婦這個單字？

「怎……怎麼辦？我該怎麼辦才好？」

「不需要慌張啊。」

「可……可是這會很辛苦吧？那個，女性的懷孕和生產……」

「克里夫。我已經有過很多次經驗，不要緊的。只要交給我，就可以生出健康的小孩。」

「呃，嗯……」

克里夫依舊鐵青著一張臉。感覺是來得過於突然，讓他一時無所適從。

「不過話又說回來，魯迪烏斯你真是的……該不會是洛琪希說溜了嘴吧？」

「……不，我只是隱隱約約覺得會不會是那樣而已。」

「這樣啊。算了，總之就是這樣，粗魯的動作我就敬謝不敏了。」

「了解。」

艾莉娜麗潔揮了揮手離開現場。

然後坐到了洛琪希旁邊，開始聊起什麼。從洛琪希摸著自己的肚子這點來看，應該是那方面的話題吧。洛琪希和艾莉娜麗潔幾乎是同一時期懷孕的嗎？

總之，現在先暫時把這件事擺一邊吧。

「讓我們重新來過，開始測試。」

聽到這句話後，希露菲和札諾巴兩人都屏氣凝神。

一個小時候，測試結束。

魔導鎧的性能實在出色。如果以全速奔馳，速度快到讓人覺得時速是不是高達兩百公里。跳躍的話可以躍上數百公尺的高空，攻擊地面的話會形成一個環形坑。希露菲的魔法打不中，就算打中也會反彈。即使挨了札諾巴的鐵拳也絲毫紋風不動。反而是札諾巴的拳骨碎裂，讓他發出哀號。

成功了。既然能給身為神子的札諾巴造成傷害，一定也能對奧爾斯帝德造成傷害。

以我平常的經驗來看，難得會沒有經歷任何一次失敗就成功把東西完成。

不對，要歸功於我也很奇怪。都多虧了札諾巴和克里夫。

不過話說回來，這就是這個世上纏繞鬥氣戰鬥的人所感受到的滋味嗎？

真是壓倒性啊。佩爾基烏斯和阿托菲之所以會那麼自滿也不是無法理解。

只要穿上這套魔導鎧，應該行得通吧？

嗯。應該可以……就這樣上吧。

無論如何，我準備好了。

★
★
★

在一切準備就緒的那天晚上，洛琪希總算揭曉了自己的祕密。

「我想是時候坦白了，我懷孕了。」

那天是諾倫回家的日子。

洛琪希趁著在吃晚餐之前，所有家人都聚在一起的時機宣布喜訊。

「那真是恭喜了！」

第一個做出反應的是莉莉雅。她平常不太流露自己的感情，這次卻伴隨著笑容率先祝賀。

我有一瞬間以為她是考慮到愛夏的立場才會如此，但應該是洛琪希在事前就有找她商量。

從眼前的料理有些許豪華這點也可窺知一二。

「恭喜妳，洛琪希。」

希露菲也或多或少察覺到了，再不然就是和莉莉雅一樣，洛琪希有事先找她商量。她莞爾一笑，接受了這個事實。

看到這個笑容的時候，我感受到一股難以言喻的似曾相識感。

現在的狀況，感覺和過去莉莉雅懷孕時的場景十分酷似。

當然，不同的地方很多。不僅塞妮絲和莉莉雅都在場，洛琪希也不是我出軌的對象。不，以過程來說是曾經有過這樣的插曲沒錯，但是，至少我們已經好好商量並釐出結論。
希露菲願意接納洛琪希，我也沒有像保羅那樣被賞巴掌伺候，她也不像塞妮絲那麼激動演變成爭執場面，洛琪希也沒像莉莉雅那樣哭泣。
這裡是幸福的空間。
「魯……魯迪，你覺得如何？」
看到我一語不發，洛琪希似乎感到不安，以帶著些許惶恐的聲音向我搭話。而我該說的話始終如一。
「萬分感謝。謝謝妳，洛琪希。」
「咦？為什麼要謝謝我？」
洛琪希歪著頭露出苦笑。然而，臉上絕對不是厭惡的表情。
「魯迪真是的，在我懷露西的時候，也是跟我說謝謝吧。」
希露菲笑嘻嘻地這樣說道。
聽她這樣一提，好像是有過這件事。不過，或許她說得對，為什麼我要道謝呢？
嗯——……
「該怎麼說呢，妳有了小孩並且願意跟我報告這件事，我覺得那是接受了我的證明。」
「我從以前就已經接受魯迪了啊……哇！」
我抱起洛琪希，讓她坐在我的大腿上。雖說在希露菲面前打情罵俏不太恰當……但就請她體諒今天是洛琪希的日子吧。

「老師教會我許多東西，每次每次都受到妳的幫助。不僅如此，妳甚至還願意為我生孩子……光是用謝謝妳這句話，還無法表達我的感激之情。」

「我也好久沒有被魯迪叫老師了呢……」

我撫摸洛琪希的肚子。大約懷孕三個月了吧。可以感覺到肚子有一陣隆起。

希露菲那時我也曾經想過，有了小孩這件事……果然很了不起啊。

「現在的魯迪是我的丈夫，而且我也想要生下魯迪的小孩，我覺得你可以說『幹得漂亮』或是『做得好』誇獎我喔。」

「那種講法不會太高高在上嗎？」

「別那麼說，偶爾也請讓我撒撒嬌吧。」

「那麼……做……做得好。」

「呵呵，當然嘍。」

洛琪希一邊說著，一邊用後頭部貼著我的胸口扭動。

看來綽有餘裕啊。我記得希露菲那時的情緒更加不穩。話說起來，艾莉娜麗潔似乎也知道洛琪希懷孕這件事。想必洛琪希是以自己的方式與許多對象商量來安定自己的情緒吧。

如果是因為我很忙的話，那總覺得很對不起她。

簡直像個成天忙到晚，無法顧及家人的爸爸……不對，還有露西，我姑且已經是個爸爸了。

雖然我也不是因為賺錢而四處奔波啦。

我腦中如此思考，同時緊緊抱住洛琪希，把臉塞在眼前的後腦勺裡面。

洛琪希的味道果然很好聞，真令人安心。

「哥哥，請你不要在用餐的場所打情罵俏！」

諾倫用力地拍了一下桌子。滿臉通紅。

「偶爾為之有什麼關係。因為洛琪希姊姊總～是一直顧慮嘛，今天就算了啦。」

愛夏立刻幫忙圓場。

她沒有禮貌地將手肘靠在桌子上撐住臉頰。

臉上則是掛著一臉賊笑。

「諾倫姊，妳是因為最近哥哥都不理妳在鬧彆扭吧？」

「不……不是！我才沒有。我只是覺得要顧及到希露菲姊姊和露西，把她們晾在一旁開心不是很妥當而已，該怎麼說，我只是覺得像這種事情，就回房間去做就好啦！」

「少來了～哥哥，你待會兒要聽諾倫姊講喔。最近她啊，在學校可是很受歡迎喲～前陣子還有男生來家裡留下書信呢。」

「愛夏！那種事情不用說出來啦！」

是嗎，諾倫很受歡迎啊。畢竟她可愛又很努力，看來我們學校有眼光的傢伙也挺多的嘛。

諾倫總有一天也會交到男朋友，結婚，從家裡搬出去吧。可以的話，到時候我想為她聲援……

不過要是交到太過輕浮的男朋友，我果然還是會反對吧……

諾倫到時該不會把頭髮脫色並戴著耳環，眼睛下方刺著眼淚刺青，說「請讓我和你妹妹培育真正的愛情」之類的男人帶回家吧？

要是真帶回來我不僅會笑，還會煩惱不已啊……

「諾倫，妳還沒有喜歡的對象嗎？」

「喜……喜歡的對象嗎？」

我這樣一問，諾倫就滿臉通紅，把臉別向一旁。

「沒……沒有。」

原來有啊。畢竟是思春期，又適逢那種年紀。嗯，很普通啊。

不過話又說回來，居然能讓我家諾倫喜歡，那傢伙也太幸福了。

「是嗎，如果你們關係變好的話，就帶回家裡來吧。」

「就說沒有了嘛！」

如果帶回來的話，我必須代替保羅好好鑑定才行。

然後，我要好好代替保羅說「我才不會把我家女兒交給你這種來歷不明的傢伙」。

這是確定事項。

「愛夏也是啊，最近不是還說庭院的米可以收穫了，哥哥會很開心的對吧！」

「啊！我明明想要晚點再發表的，諾倫姊好過分——！」

ぷいっ

「哼，這是報復剛才那件事！」

儘管愛夏慌慌張張地站起身子，諾倫還是一臉沒好氣地轉向旁邊。

不過，感覺剛才聽到了無法裝作沒聽到的事情。

「妳說……庭院的米可以收穫了？」

「啊──嗯。姑且算是。但可能是因為天氣冷，沒有收穫多少。在這個時期重新栽種的話，到了秋天……」

「重新栽種的意思是……稻種呢？妳有拿到稻種嗎？」

「呃……嗯。有啊。哥哥你的口氣好奇怪喔，是怎麼了……」

「不會怪啦。所以明年……我也可以期待明年嗎？」

「只……只要哥哥再用魔術做土給我的話……因為哥哥的土好像最適合栽種。」

我輕輕地將洛琪希抱起，讓她坐回隔壁的位子。

然後站起身子，移動到桌子的旁邊，在距離愛夏三步左右的位置單膝跪地。用力張開雙手，像王子殿下一樣等候。

「幹得好，愛夏！」

「耶……耶～……是說，我可以撲過去……嗎？」

愛夏望向背後的洛琪希並緩緩走向前方，姑且還是撲到了我的懷裡。

我抓住愛夏兩側腋下將她抬起，開始不斷旋轉。

「嗚喔──！愛夏，有米咧──！」

「嗚喔──！」

可以吃到米飯了。儘管和洛琪希懷孕一事相比很微不足道，但我最喜歡米飯了。

煮得柔軟蓬鬆的雪白米飯。

一邊吃著充滿鹹味的烤魚，同時把米飯塞滿整個嘴巴。

如此幸福的飲食生活很快就要到來了。

稍微活動一下身體後，再一次湧起了一股喜悅之情。

和洛琪希之間有了孩子，是露西的弟弟或是妹妹。照現在這個年紀推算大約會差兩歲。雖說是與米格路德族生下的混血兒，應該不會遭到霸凌吧？頭髮會是什麼顏色呢？

露西會成為好姊姊嗎？諾倫，還有愛夏……

啊啊，真令人期待。名字……啊，我記得不可以決定吧。

然後，然後……已經無法用言語來表達了。

後來，我們舉辦了簡單的慶祝會。

豪華的餐點和熱鬧的對話。

暢談在學生會發生的種種的諾倫。開心地說著在集市已經會被認出名字和長相的愛夏。因為吵鬧聲而哭了出來的露西，以及安撫她的希露菲。一邊露出微笑，一邊默默擺放餐點的莉莉雅。雖然安靜，但看來很開心在用餐的塞妮絲。由於我對愛夏的報告喜出望外而鬧彆扭的洛琪希，以及安撫她的我。

另外，餐桌上擺著鹽味飯糰。好像是愛夏做的。我問她為什麼會知道這道料理，好像是以前曾聽七星提及的緣故。七星就不能再教她更多其他的料理嗎？那傢伙的女子力真低啊……

雖然我這麼想，但要是問我只用米製成的料理，我一時半刻也只會想到飯糰或是粥之類。

愛夏用她的小手握的飯糰既圓又小。

由於實驗的意義較大，所以她並沒有拿捏好分量。

即使如此，一個人一個。每個人都吃到了一個。除了我以外，臉上的表情看來都不覺得有那麼好吃。不過我覺得很好吃。因為是愛夏努力做給我的，她費盡千辛萬苦捏給我的。怎麼可能不好吃。好吃到我熱淚都奪眶而出了。

因為這次成功收穫，下次收穫時能做更多的量。

下次可以收穫更多的稻米。這樣一來，就可以吃到更大顆的飯糰了。

……雖然我不知道能不能吃到。

「我有一件事要告訴各位。」

用完餐後，我鄭重地環視所有人。

妹妹和母親們一臉發愣。妻子們的臉上帶有某種程度的覺悟。

「我近期內得和一名對手戰鬥。是非常強大的對手。」

我沒有提及奧爾斯帝德的名字。

「最近這兩個月來，我都在做些令人匪夷所思的舉動，這點各位應該也都注意到了。我很感謝你們沒有詳細追問，願意讓我放手去做。沒有辦法說明詳細內容，我覺得很抱歉。」

「……」

「這次，我說不定沒辦法打贏。」

說完這句話後，全員的表情隨之緊繃。

「今天，或許是我最後一次坐在這個餐桌旁。」

「沒……沒有不戰鬥的這個選項嗎？」

諾倫慌張地這樣詢問。

「……沒有。起碼我不知道。」

從那之後，人神就沒有和我接觸。

不過既然是那傢伙，想必是時時刻刻都在觀察我吧。

「居然連哥哥都有可能贏不了……是什麼樣的對手，為什麼，為了什麼才這麼做？」

「諾倫。」

她是眾人中最為混亂的。待在家裡的愛夏和莉莉雅，想必已經默默察覺到了吧。

儘管表情一臉嚴肅，但神情中卻不帶一絲驚訝和混亂。

「要是我沒辦法回來，放在我房裡的……」

「要是我沒辦法回來……為什麼，為什麼要說那種話！」

也對。原本想講得像是故事裡的英雄那般帥氣，但是耍帥也沒有任何好處。我就說得正面點吧。

「那麼如果回來的話，我們就一起去洗澡吧。」

「……不要。請你一個人去洗。」

哈哈哈，這傢伙。算了，這也有諾倫的風格。

「愛夏。」

「是。」

「如果我沒辦法回來的話，我希望妳可以讓七星也品嚐剛才的飯糰。」

「……哥哥。」

「那傢伙肯定會喜極而泣，無論妳說什麼都會言聽計從喔。」

「比起七星小姐，我更希望能對哥哥撒嬌。」

愛夏稍微低頭這樣說道。是嗎是嗎，愛夏這傢伙還是這麼討人喜歡。

要是我能回來，就買些昂貴的東西給她吧。

買個看起來很貴的包包，或是有大顆鑽石的戒指之類。

「莉莉雅小姐。」

「是。」

「母親就拜託妳了。」
「…………我明白了。但是……」
「嗯？」
「不論何時，我都會等著魯迪烏斯少爺歸來。」
莉莉雅靜靜地說道。儘管我和她已經有很久的交情，但彼此感覺實在很生疏。
愛夏是妹妹，但是莉莉雅給我的感覺不像個母親。
「母親。」
「……」
「我要走了。」
「……」
感覺塞妮絲的神色有些許哀傷……其實我也不太清楚。
她能更明顯流露出感情的那天是否會來呢？
「希露菲。」
「嗯。」
「露西就拜託妳了。」
「好。呃，魯迪……那個。」
「……怎麼啦？」

「沒……沒什麼事啦。」

希露菲似乎想說些什麼。我實在不太清楚她在想什麼。

我喜歡她，儘管我這麼想，但因為她的想法很難搞懂，因此我總是很不安。

我在桌子底下握住希露菲的手。

然後，把嘴巴貼近耳邊輕聲低喃：

「那個，希露菲。」

「嗯。」

「我說這種話或許會被妳嫌棄，不過……」

「嗯。」

「等我回來之後，我們就盡情做吧。」

希露菲的脖子猛然垂了一下。說不定我誤會了些什麼。

「真是的！魯迪還是那麼色！」

希露菲一邊說著一邊用手拍打我的肩膀。我抓住那隻手，把希露菲拉了過來。

「啊！」

稍微有些強硬地吻了下去。希露菲雖然身體僵住，卻還是接受了我。

依舊是那麼可愛。不論何時都很可愛。希露菲果然就是要這樣才對。

我要回到希露菲身邊。一旦湧起這種想法，就覺得自己回得來。

「好了啦，魯迪真是的，大家都在看耶……呀嗯。」

順便也舔了耳朵。我舔著尖尖的精靈耳朵，並輕輕地咬了一下留下齒痕。

「我會回來的，請妳等我。」

「是，路上小心。」

希露菲面紅耳赤地這樣說著並點了點頭。

然後，我最後重新面向洛琪希。

「洛琪希。」

「是。」

「今晚……我們一起睡吧。」

「可是肚子裡的小孩……不，我明白了。」

聽了我這句話後，洛琪希雖然有些困惑，但還是點頭答應。

那天晚上進了浴室洗完澡後，我和洛琪希移動到寢室。

我們牽著手，親密地走進寢室。去年每當這種時候我就會非常興奮，幹勁十足。然而現在卻沒有那種心情。

「那麼，可以的話請你不要太激烈……」

「不，今天不用。」

我伸手制止打算脫掉睡衣的洛琪希。

她維持抓著衣服下襬的動作，歪了歪頭表示不解。

「總之，請坐下來吧。」

我讓洛琪希坐在床上，自己不是坐在她身邊而是椅子上。

「我打算把具體的情況以及我打輸之後的狀況，先告訴洛琪希。」

「……只告訴我嗎？那希露菲呢？」

「……」

「把事情告訴我和七星，卻要瞞著洛琪希嗎？」

「為什麼妳知道我已經跟七星談過了呢？」

「因為希露菲有來找我商量。她說你八成和七星談過……魯迪，你為什麼不肯詳細地告訴希露菲呢？」

「這是為什麼呢……」

為什麼啊？我不明白。但我總覺得不想告訴希露菲。是因為我不希望她擔心嗎……不對。

為什麼啊？實在不懂。

難道這也是命運嗎？

「對我來說，你願意信賴我當然是很值得開心，但這樣希露菲太可憐了。」

「妳說得對。那我去叫她過來吧。」

「好的。」

洛琪希果然很可靠。心中湧起這種想法的我暫時離開房間，移動到希露菲的房門口。把手放在門把上時，我突然停止動作。話說起來，我和洛琪希親熱的時候，從來沒窺視過希露菲的狀況。她會不會其實是在哭泣呢？

希露菲口頭上允諾我可以去愛上其他女孩，也原諒我和洛琪希之間的事。關於艾莉絲也跟我說沒有問題。可是，心口不一這種事情非常有可能發生。

她該不會以淚洗面吧？

該不會用五寸釘扎著稻草人吧？

該不會一邊說著「那個狐狸精！」一邊緊咬著蕾絲手帕吧？

不，沒問題的。我可愛的希露菲應該不會做那種事情。

「那個，希露菲，我現在有點事情要──」

「魯迪咬了我的耳朵，咬下去了耶，然後還用低沉聲音說要盡情做……呀……我會被怎麼樣對待呢？會像第一次那時一樣被搞得天翻地覆嗎……怎麼辦啊露西，妳或許就快要有弟弟或妹妹了……！」

當我喀嚓一聲把門打開，映入眼簾的是抱著枕頭在床上滾動的希露菲。

她的雙腳動來動去，像少女一樣在床上來回翻滾。

雖然聲音很小，但打開門的現在可是聽得一清二楚。

完全看不出是有一個小孩的母親，但是非常可愛。我現在就想撲上去。順帶一提，露西不在這。她在莉莉雅的房間。啊，不過這個房間沒設過隔音，搞不好聲音會很大。

不對，洛琪希還在等我們。

「啊。」

我們四目相接。希露菲維持仰躺的模樣，突然靜止不動。

仰倘，屁股貼在牆壁，腳伸向天花板，以一種極為難以言喻的姿勢，露出無比燦爛的享受笑容。

「……」

我靜靜地把門關上。不管是誰，都有不想被人看到的瞬間。

「啊，等一下，不是啦魯迪，等一下，不要走！」

希露菲以超狂速度起身，把手插進門縫之間。

「不，我是不會走啦，但想說是不是重來一次比較好。」

「重來一次？不需要啦。有什麼事嗎？今天是洛琪希的日子對吧？啊，難道說洛琪希的經期來了？輪到我了嗎？」

希露菲相當驚慌失措。明明現在的洛琪希根本不會有月經……

真稀奇啊。哎呀，真心認為。

算了，重新來過吧。

「我要講一下有關這次戰鬥的對手，以及在那之後的事情，妳來房裡一趟吧。」
我說完這句話，希露菲在沉默了幾秒後，用一本正經的表情重重點頭。
感覺似乎有些開心。
這讓我的心情也稍微輕鬆了。

因為兩人都默默地聽著，說明起來並沒花費多少時間。
我告訴她們這次的對手是龍神奧爾斯帝德，因為在夢中有個名為人神的存在對我下達啟示，因此我得和那傢伙戰鬥。再來，還有兩件事必須作為家訓流傳給後代。第一，是在我死後要與奧爾斯帝德為敵，但絕對不能去挑戰他。第二，不能相信自稱人神的對象所啟示的內容。
另外，一旦我死了，要把剛才所說的告訴其他家人，思考該如何保命。
這部分的事情，我以自己的方式整理說明。一開始是坐著談話，但不知不覺間三個人自然而然地排成川字邊睡邊說。
「我要是打輸的話，或許會有災難降臨到懷孕中的洛琪希或是露西身上。」
「災難……簡而言之，就是那個叫人神的會做出什麼事情對吧？」
「嗯。」
「這樣啊……所以魯迪才會一直耳提面命，希望我們保護家裡……」
希露菲以心領神會的表情點了點頭。

說不定她有些誤解了。

應該要認為這樣正合我意嗎？還是說，應該跟她表明和那種事情無關呢？

「知道了，可是啊魯迪。我能保護自己的安全，而且不需要你提醒，就算賭上性命我也會保護露西喔。」

「我也是，自己的安全就由自己來保護。一直以來我都是這麼做的，今後也打算如此。或許我的實力比不上魯迪，但請你別太小看我。」

不，我也不是要潑冷水啦。不過希露菲和洛琪希肯定會好好處理。

「不管怎麼樣，奧爾斯帝德，是七大列強嗎……是個大人物呢。勝算呢？」

「我也不知道。畢竟我只跟他交手過一次。」

「那個時候的結果怎麼樣？」

「我毫無還手的餘地。」

只要想起和奧爾斯帝德最初相遇時的事情，如今我的腳都還會發抖。瑞傑路德一瞬間就被幹掉，艾莉絲被打飛，那傢伙的手，貫穿了我的身體中心。

……我好怕。

「……魯迪，果然還是大家一起去比較好吧？」

「不，我一個人去。我想，這樣才是勝算最高的方法。我會用大魔術狂轟他，總會有辦法的。」

「是嗎……可是魯迪，你在發抖耶。」

「嗯。」

「討厭，等等，不要摸奇怪的地方來矇混過去啦。」

我不是為了要矇混過去才摸，只是因為想摸才去摸的。

要是死了，就再也摸不到這個了。這邊也摸不到了。那邊也不行啊。表示那邊也不行嘍？

「……呀……真是的，現在在講正經的事情吧？」

「嗯。」

「那個，最近露西她幾乎可以爬到很多地方去了喔。」

「嗯。」

「莉莉雅小姐還說，這讓她想起魯迪烏斯少爺出生的時候。」

「……」

「以後她就漸漸會說更多更多的話了，再過不到一年，是不是就會站起來走了呢？」

我好像沒什麼照顧過露西。育嬰方面我幾乎都交給莉莉雅和希露菲。可是，露西真的很可愛啊。

「真令人期待呢。」

「嗯。」

「要是快打輸的話，要好好逃走喔。」

「嗯。雖說不知道逃不逃得了，但我會這麼做。」

露西是不是已經懂事了呢？

如果我死了，她會在不知道父親長相的情況之下長大吧。那會是什麼樣的心情呢？

去問愛夏的話，她會願意告訴我嗎……

「……魯迪。」

聲音從左側傳來，是洛琪希。我也試著揉了她的胸部。手被抓住了。啊！力氣挺大的耶。

不好意思，對不起。現在在講正經事對吧。

「那個，我覺得和魯迪相遇並且結婚，甚至還有了小孩，是這一生最棒的幸運。因為，我認為這種事情恐怕一輩子都和自己無緣。」

「嗯。」

「但是，正因如此……要是你死了的話，一切就會反轉，變成最糟糕的不幸。」

「……嗯。」

「那個，雖然講這種話有點讓人難為情……」

洛琪希稍微吸了口氣，這樣說道：

「請你讓我幸福。」

我果然沒做錯任何事。因為我要為了希露菲和洛琪希她們兩人而戰。

我什麼都沒有做錯。為了她們兩人而戰。為了家人回來此處。

我如此下定決心。

後來過了幾天，一切準備就緒的我——

隻身一人出發前往魔法都市夏利亞。

第八話「泥沼對龍神」

從魔法都市夏利亞朝東方偏北的方向前進整整兩天。

在那裡，有個隱藏在森林裡的廢村。

四十年前左右，由於魔力的異常災害導致森林肥大化。村莊在轉眼之間就遭到侵蝕，居住在當地的居民只得被迫遷離此處。從那之後，造訪這座廢村的只有棲息在森林裡的魔物，或是有事來找魔物的冒險者而已。

有名男子，正前往那樣的村落。

銀髮，金色的眼瞳。

身上穿著不知以何種皮革製成的白色大衣，毫無懈怠地環視四周，沒有騎乘馬匹，也沒有搭乘馬車，只是以徒步走著。

他以銳利的三白眼確認左手上類似羅盤的物品，不帶感情地走在森林之中。沒有魔物襲擊他。

儘管魔物在森林深處的灌木叢縫隙之中虎視眈眈，但是當男人靠近，魔物就像小動物似的逃之夭夭。

「……是這裡嗎？」

他看到羅盤指向的前方有一座廢村，隨後停下腳步。

「她為什麼會在這種地方……」

他這樣喃喃嘀咕，同時緩緩地朝向廢村邁出步伐。

從前曾為道路的場所雜草叢生，曾為農田的場所已成了一片森林。曾為住屋的建築物遭巨木貫穿，或者是遜任藤蔓攀爬，已然化為綠色的巨塊。

在被森林侵蝕的村落走著走著，之後他在某個場所前面停下腳步。恐怕這裡曾有一口井，是村子的中心。此處有一棟明顯可疑的建築物，是褐色的圓筒形建築，唯獨這裡沒有任何植物纏繞。

眼前的石造建築物顯然是最近才剛建好，連門也與全新無異。

他注視左手的羅盤，再次確認自己的目的地就是那座塔。

然後，略帶警戒地把手放在門把上。

「……七星，妳在嗎？」

塔的內部構造簡樸。沒有窗戶，也沒有走廊。光滑的地板甚至還塗抹過某種油液。在牆壁角落，擺著滿滿的麻袋和疑似香爐的物品。

之所以覺得這裡充滿著奇怪的味道，是因為香爐正在燒著什麼的緣故吧。

「……這裡是什麼地方？」

他環顧四周，很快就確認到存在於眼前的另一扇門。他像剛才一樣把手放在門把，但這次沒有猶豫，而是直接抓住。就在那一瞬間，他的手感到一股像是被什麼刺到的痛覺。

「唔？是我多心了嗎？」

他看了看自己的手，確認沒有流出任何一滴血後，進入門內。

門裡面是和剛才相同格局的房間。

從地面傾斜這點推敲，這棟建築物本身似乎是建造在地下。

他雖對此感到狐疑，卻也沒有特別警戒，繼續朝深處走去。儘管途中貼著「請在這脫下鞋子」或是「請客人戴上這頂帽子」這類令人匪夷所思的貼紙讓他有所警惕，但他完全視而不見。有時門上會設置讓人覺得是用來抓老鼠的微不足道陷阱，他一邊留意一邊緩緩朝裡面前進。

最後抵達的場所是個不可思議的空間。

那是個圓筒形的房間，中間開了個通風口。理應是天花板的位置開了一個圓形大洞，讓人宛如置身在煙囪裡面。

「……這裡是什麼地方？」

他疑惑地皺起眉頭，同時再次確認羅盤的指示方向正指向這個空間的中心。

上面指示的地方擺放著一個小箱子。在小箱子下面還鋪著一張紙。

他慎重地靠近那裡看了紙條。

紙條上面寫著文字。

「人神」。

他立刻拿起箱子打開查看。

「唔！」

結果，箱子裡面冒起了冉冉白煙。

這使得他不小心把箱子掉在地上，但同時也擺出架式。就在這時，耳朵傳來鏘然一聲。他仔細觀察，箱子依舊不斷冒出大量濃煙，讓人納悶這些究竟是怎麼塞進去的。最後，他發現箱子旁邊掉了一枚銀色的戒指。

想必是放在箱子裡面的東西在掉下去時也跟著滑了出來。

戒指隱約閃爍著紅色的光芒，而他手上的羅盤正指著那枚戒指。

「…………七星？」

就在他想撿起戒指的下一瞬間——

——天空發出亮光。

「唔！」

情急之下，他猛力蹬了一下地面試圖迴避。然而，上油的地板卻不允許他這麼做。他的腳底輕易地失去抓力——

一道巨大的閃電朝著他——奧爾斯帝德落下。

★魯迪烏斯觀點★

從高台可以俯視奧爾斯帝德被引誘而至的廢村。

在那裡紮營的我，一看到白煙升起的瞬間，就全力賞了一發「雷光」擊向目標地點。應該有命中才是。我為了這天不斷地練習。為了不讓他在快被擊中的前一刻迴避，我還特地在地板灑滿菜籽油。

然而，顯然不可能這樣就結束。如果這樣就能打倒他，那麼他就不可能與阿托菲等其他人拉開遙不可及的距離，被冠以最強之名。

我把魔杖刺向地面注入魔力。想像的是巨大的積雨雲，超級降水區。

聖級水魔術「豪雷積層雲(Cumulonimbus)」。

天空瞬間就被漆黑的烏雲覆蓋，豪雨伴隨著閃電同時落下。

我進一步注入魔力。順著一種從體內深處將魔力抽取出來的感覺，將魔力注入魔杖。

想像的是冰。以廢村為中心，讓所有分子停止動作。集中精神把溫度下降。

「冰霜新星」。

我將使用過好幾次的魔術以最大限度的範圍，最大限度的威力釋放。

驟然落下的傾盆大雨接連凍結。冰不斷層疊越發巨大。當冰塊累積至冰山那樣的大小之後，我停止魔術。

下一招。我把魔力注入魔杖。在廢村上空生成岩石。把消耗的魔力都集中在物體大小，製出幾乎無法迴避的巨大岩石——接著朝著正下方加速發射出去。

岩石以會讓人誤以為是瞬間移動般的速度直接砸落。

地面隨之搖晃。然後，轟然巨聲響起。接著又遲了一些，暴風和衝擊波才隨後而至。

我把手臂擋在前面保護眼睛，同時目視岩石落下的位置。冰塊碎裂，岩石的三分之二已埋進土裡。如果遭到直擊，應該是無法生還才對……

「……成功了嗎？」

姑且試著這麼講。沒有反應。這樣就結束了嗎？如果是的話那就輕鬆了……

就在這樣想的下一瞬間——岩石裂開了。

「咿嗚！」

一股非比尋常的殺氣傳了過來。

背脊一陣發寒。腳不停打顫，眼角浮出淚水。

我立刻跳進放在旁邊的魔導鎧。按照練習了好幾百次的步驟將魔力注入每個部位，控制姿勢，拿起魔杖。然而就在這段期間，我也感到殺氣逐漸逼近。

啟動完畢。

我為了再追加一擊，將魔力注入拿在右手的魔杖。

想像的是核爆炸。我以注入所有魔力的打算，從手臂向魔杖注入魔力。接著架起魔杖朝向殺氣方向，聚精會神發射魔術。

廢村中央頓時發出奪目亮光，過了一會兒，光熱宛如舔拭地面一樣奔馳而過。

我以眼角餘光確認樹木遭到燒燬，化為一片黑影。

遲了一會兒，爆炸氣浪到來。

然而，以我的魔力製成的這具魔導鎧重達數噸。

無畏氣浪和熱波，承受了下來。

我靜靜地等待破壞平息，再朝廢村望去。

以廢村為中心形成一個巨大的蘑菇雲。地面已因為煙霧看不清楚，但蘊含了轟飛所有一切的威力。這在我目前使用過的魔術之中，應該堪稱是最高等級的威力。

「……」

明明如此，明明如此……身體的顫抖卻無法停止。

比剛才更壓倒性地靠近。殺氣的源頭並沒有消失。以驚人的速度朝我逼近。原本明明距離那麼遙遠，現在卻已如此接近。

我咬緊不斷打顫的牙齒，握緊直打哆嗦的手，將魔杖收在後面的支架，在右手上安裝加特林機槍，並以左手持盾。

「呼──……嗚……哈──……啊……」

我做了一個深呼吸。喉嚨在顫抖。我壓抑從腹部深處湧起的不安以及恐懼，朝著滾滾冉起的濃煙，架起右手的加特林機槍。

「……呼！呼！」

先發制人。要是被搶得先機絕對會輸。

說起來，我目前有造成他的傷害嗎？藏在門上的毒藥、焚燒的麻藥，還有設置在路上的陷阱之類，有發揮效果嗎？

剛才的四個攻擊魔術，已經盡可能灌注了我所有的魔力。

如果那樣都毫髮無傷，這種仿照加特林機槍的魔道具會不會連傷他皮毛都無法辦到？不對，真要說起來有打中他嗎？

不可能沒有打中，因為我擊發的是如此大範圍的魔術。

為了讓他無法迴避，不管威力還是範圍都是以最大級別攻擊。

從遠到連預知眼都無法看見的位置進行攻擊。無論奧爾斯帝德持有什麼樣的魔眼，對從無法預測的位置使出的──

〔看見了人影。〕

「射穿啊啊啊啊啊啊啊啊啊啊！」

我放聲大喊，啟動右手的加特林機槍。

魔力流通之後，岩砲彈以驚人的速度生成並發射出去。砲彈撕裂空氣，伴隨著尖銳的嘰嘰聲，宛如發出哀號般響徹周遭。

具有壓倒性速度的岩塊吹飛塵沙，讓我能以肉眼確認到身穿破爛不堪的斗篷，灰頭土臉的銀髮男子。

有受傷嗎？還是沒有？

下巴附近有流血。脖子上的應該是燒傷吧？

不要緊，雖然輕微，但確實有對他造成傷害。

「唔！！」

視線對上了。宛如老鷹一樣的銳利眼神確實捕捉我的身影。那是獵人發現獵物時的眼神。

〔他打算以橫跳閃過宛如雨勢傾盆而下的岩砲彈。〕

我把預知眼運作到最大極限，試圖看出奧爾斯帝德的動作。

那傢伙的動作迅速，眼睛看見好幾重的殘影。我為了封堵他的退路，用加特林機槍瞄準目標。從發射到命中為止幾乎沒有任何延遲。儘管如此，奧爾斯帝德卻彷彿能看到彈道似的全數迴避，一步一步朝我逼近。

一步、兩步。

奧爾斯帝德維持那猶如猛禽的表情，穩穩地縮短距離。儘管偶爾會因為被岩砲彈擦到而皺起眉頭，但也僅此而已。就像是在表示即使直擊也不會造成致命傷，強調他根本無所畏懼。

彷彿是在告訴我「和平時交手的對手相比，這點程度的攻擊不過是家常便飯」。

但我不同。那猶如殭屍一樣沒有感情的動作讓我不寒而慄。他的動作就像在表示我的攻擊毫無任何作用，險些就讓我的心屈服。

但是，現在還是我有利。

沒錯，我說給自己聽，同時配合他踏出步伐。

當奧爾斯帝德往右前方過來，我就退到左後方。他往左前方過來，我就退到右後方。

無論他從哪裡逼近，我都可以賞他一波加特林機槍。

這樣一來，他一輩子也無法縮短距離。可以在對我完全有利的位置進行戰鬥。

就和模擬的一樣。

我為了進一步封住他的行動，用左手使用魔術。瞄準我和奧爾斯帝德的腳邊。泥沼。

我立刻完成術式，但在正要發動而抬起手的那一瞬間，奧爾斯帝德也朝我抬起左手。

「亂魔！」

我那股完成的魔力遭到其他魔力打亂。

有意義的魔力，正逐漸變成沒有意義的魔力殘渣。

「唔！」

我強行使用泥沼的術式。

我可以辦得到。我一直都在做這件事。教導希露菲亂魔的同時，我自己也在練習要如何應對才能完成術式。說不定，我就是為了今天，為了這個時候，為了這個瞬間才一路練習的。

奧爾斯帝德瞪大雙眼。亂魔遭到阻止還是第一次嗎……唔喔。

當腳邊變成泥濘的瞬間，那傢伙像是要覆蓋一層上去似的行使魔術。

他把變成泥濘的部分用一層土板覆蓋上去。

接著，將右手朝向這邊。看到他的動作，我也自然而然地打算朝著那隻右手使出亂魔——

〔光線將視線徹底掩蓋。〕

看到眼前令人毛骨悚然的景象，我立刻停下加特林機槍，大步往旁邊跳開。

〔視線映照出光以外的背景。〕

奧爾斯帝德的手朝向的地面出現了一塊巨大凹陷。

我沒看到那是什麼魔術。是火？還是別的？莫非是重力？

剛才看見的不是光……是死？

沒有時間思考了。

奧爾斯帝德朝著這邊奔馳而來，並抬手朝向我。亂魔不管用。那傢伙也能用亂魔將其無效化。

我同時啟動左右兩手，使出加特林機槍絆住他的腳步，同時用吸魔石無效化那傢伙的魔術。我抱著這個打算把雙手朝向他……才發現這是失策。

奧爾斯帝德的魔術消失了。然而與此同時，我朝向奧爾斯帝德發射的岩砲彈火網也失去效果，化為砂粒消失而去。

奧爾斯帝德抓準那一瞬間的破綻，向我展開肉搏戰。

那傢伙的右手依舊朝向我，左手則是先擺在腰間，然後對準我的心臟揮了過來……

「……唔！」

我的本能選擇了迴避。

逃脫的方向是正後方，我想使用雙腳往後方跳去……

「唔！」

來不及了。

奧爾斯帝德的拳頭磅的一聲擊中了我的胸口。與此同時，他開始以驚人速度遠離我的視線。接著從後面傳來了嘎吱嘎吱的聲響，我這才以眼角餘光瞄到樹木在飛舞。

（啊啊，這就是人被打飛的感覺啊。）

正當我這樣想的瞬間，就直接撞到大樹，不再往後飛去。

重力同時施加在全身，有一股彷彿內臟被撕裂般的痛楚向全身襲來。

儘管眼前差點變得一片漆黑，但馬上就痊癒了。因為克里夫設置在魔導鎧裡面的魔法陣瞬間治癒了我的身體。

然而，我看了看胸口，眼前的是深深凹陷，出現裂痕的胸部裝甲。

儘管裂痕也在慢慢修復，但太慢了。

不管怎麼樣，我承受住一擊。幸好這部分的裝甲我有特別仔細地做得較為厚實。

殺氣席捲而來，他打算從正面直接進行追擊。

我馬上啟動了加特林機槍。朝向奧爾斯帝德展開火網。

然而，奧爾斯帝德也再度把右手朝向這邊。

不妙。這樣下去會重蹈覆轍。

吃了一發就讓裝甲變得慘不忍睹。要是再挨個幾拳，裝甲遲早會被打穿。

怎麼辦？魔術不管用。就算封住亂魔，奧爾斯帝德也具備像穆亞那樣的對抗技術。相對的，我對奧爾斯帝德的魔術根本一無所知。

難道說遠距離戰對我不利？那麼就衝過去吧。也只能這麼做了。

相信魔導鎧的力量，痛毆那傢伙一頓。

「唔喔喔喔喔喔！」

「唔！」

我用加特林機槍展開火網，同時發出吶喊往前突擊。

奧爾斯帝德收起右手擺好架式。我動起雙腳並架起左手的盾，準備以整個身體直接撞過去給他強烈一擊。

﹝奧爾斯帝德擺出水神流的架式。﹞

當預知眼捕捉到這景象的瞬間，我便將盾的前端朝向奧爾斯帝德。

為的是把對手的防禦力越高，威力也就越高的劍刺向奧爾斯帝德。

整個身體整個撞了上去。

隨即傳來的是鋃鐺一聲的沉重金屬音。

留下一股和驚人沉重的物體碰撞的觸感，奧爾斯帝德往後方彈飛出去。

飛在半空中的奧爾斯帝德手臂飛濺著血液，同時以忿恨的眼神注視著我。

有用。我立刻架起加特林機槍，瞄準，發射。驚人數量的岩砲彈騰空射出，命中飛在半空中的奧爾斯帝德。他的衣服變得破破爛爛，原本藏在底下的肉體也已遍體鱗傷。有疑似灼傷的痕跡、割傷以及擦傷。岩砲彈被吸進其中，鮮血四散。

奧爾斯帝德隨著一聲轟隆巨響墜落地面。

我能贏。殺得了他。只要岩砲彈可以直接命中，就能確實造成他的傷害。

儘管被表皮彈開攻擊，但是他已經皮破血流。

那麼，他早晚會死。我要趁現在盡可能地造成他傷害——

「……沒辦法了。」

從岩砲彈撕裂空氣的聲音之中，我聽見了那樣的一句話。

剎那間，氣氛為之一變。

一股寒氣流竄全身，甚至讓我以為轉眼間就到了寒冬。

同時，我的預知眼看丟了奧爾斯帝德，可是另外一隻眼睛卻捕捉到奧爾斯帝德。

到底是怎麼……當我這樣想的瞬間，奧爾斯帝德也從另外一隻眼睛消失了。

「咿咿！」

我感到一股難以言喻的恐懼，就像扭轉身體一樣跳向右側。

左臂傳來了鏗然一聲。

我把臉別過去，奧爾斯帝德就在眼前。

揮下一把宛如刀的劍，他就在那裡。

然後，魔導鎧的左手露出銳利的切割面，伴隨著巨大聲響落在地面。

「嘎啊啊啊啊啊啊哦哦哦啊啊啊啊！」

奧爾斯帝德發出咆哮。震耳欲聾的咆哮讓我的身體宛如鬼壓床一樣遭到麻痺。

是聲音魔術。獸族的固有魔術。

我一瞬間差點失去意識，但是在千鈞一髮之際挺住，往旁邊撲了過去。

奧爾斯帝德讓地面陷沒，往前踏出一步衝了過來。

我打算拿起加特林機槍瞄準他，但就在想要啟動的那一瞬間，奧爾斯帝德揮劍攻擊。

加特林機槍被切成碎片，魔道具四分五裂地掉在地上。

右手還在。裝甲板上雖然留下了斬擊的痕跡，但從那個距離並不會被切開。

奧爾斯帝德就在眼前，維持著放出斬擊後的姿勢。

我把魔力注入拳頭。毫無保留地施放「電擊」，同時朝奧爾斯帝德的臉揮出拳頭。

然而，卻留下了像是滑開的觸感。

仔細一看，奧爾斯帝德的劍正貼在我的手臂。

紫電則是掃過奧爾斯帝德的背後，伴隨著劈劈啪啪的巨大聲響噴出火焰，劈裂大樹。

不管是拳頭還是附在拳上的電擊，都被四兩撥千斤擋開了。

當我這樣認為的下一瞬間，貼在我手臂上的劍微微滑動。

「嗚啊啊啊啊！」

右手……就連我在裝甲內部的手臂也被一起砍下。

一股劇痛流竄全身。可是我連因疼痛皺起眉頭的時間也沒有，奧爾斯帝德維持揮下劍的姿勢朝我貼了過來。

我沒有應對下一次攻擊的時間。

腹部被用力一踢。傳來啪鏘的討厭聲音，我的身體在短暫的一瞬間騰空而起。

衝擊全部傳到了裡面。

「哦嘔嘔！」

彷彿胃部破裂似的衝擊，使得我吐出胃液。

視線已滲出眼淚。一屁股坐到地上，但我以被砍斷的右臂朝向奧爾斯帝德釋放衝擊波。

奧爾斯帝德舉刀往上一揮。

聽見了咚的一聲巨響之後，一切回歸寂靜。

當我察覺到衝擊波被斬斷的時候，臉部已經被猛踹一腳。

從脖頸傳來喀嘰的聲響，隨後從頭部到肩膀產生一股劇痛。

「……！」

回過神來，我已被打倒在地。

當我挺起上半身，慌張地站起來時，站在正前方的是舉起佩劍的奧爾斯帝德。

會被殺。

「脫離！」

如此驚覺時，我已經喊了出來。

同時背部裝甲板彈飛，我像是被那拖曳似的彈射到魔導鎧外面。

稍微遲了一會兒，魔導鎧被一刀兩斷劈成兩半。

我則是被狠狠甩到地面，接連翻滾了好幾圈。

我看不見他的動作。什麼都辦不到。跟不上奧爾斯帝德。

「嘎哈……嘔噗……」

全身好痛。明明只是隔著魔導鎧被踹了幾下，就有一種遍體鱗傷的痛楚傳遍全身。

胸口好痛，肚子好痛，右手好痛，頭好痛，背部好痛。呼吸困難。總覺得……身體動作好遲鈍。有強烈的疲倦感。咦？這個，難道說，魔力……耗盡了嗎？

「啊啊……哈啊……」

奧爾斯帝德的目光朝向這邊。

讓人不寒而慄的視線。我已經沒有鎧甲。要是不逃的話，會被殺掉。在那之前，右手，我的右手在哪？

「咕啊！」

……當我會意過來時已經被踹飛了。一股宛如要將身體四分五裂的痛楚襲擊全身。

我倒臥在地，當我想要呼吸空氣而翻過身體時，胸部遭到狠狠一踩。

「嗚咕……」

呻吟聲從喉嚨深處擠出。

火燙的脖頸被冰冷的東西抵住。

仔細一看，奧爾斯帝德的劍就擺在眼前。

我會死嗎？沒有贏過他，我會……就這樣死去嗎？

「還以為是誰，原來是你啊，魯迪烏斯·格雷拉特。我聽說你現在正過著幸福的生活，為什麼要覬覦我的性命？」

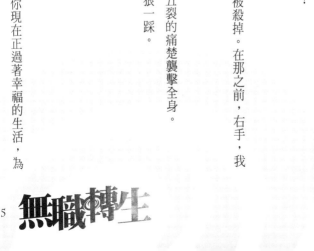

奧爾斯帝德似乎不打算馬上殺我。

是因為他曾放過我一次，或者是判斷我已經沒有戰鬥能力？

「是人神，說的……」

「……哼，你果然是人神的使徒啊。死吧。」

奧爾斯帝德將腳從我胸口移開，將劍高高舉起。

「人神說，你打算毀滅這個世界……我的後代，會協助你，殺死人神……」

「什麼？」

奧爾斯帝德停下動作。

「人神說，他想要阻止世界遭到毀滅，才會和你戰鬥。」

「……」

「所以，他說只要殺了你，就願意，放過我的孩子，放過我的家人……」

我倒臥在地，纏住奧爾斯帝德的腳。

然後，用頭磨蹭腳部大聲叫喊。

我現在……只能這麼做了。

「求求你。請你不要毀滅世界。就算殺了我也沒關係。請你不要奪走我的孩子，奪走未來。

求求你。這是我第一次。我第一次，覺得自己是這麼地幸福。求求你。請你……放棄尋找人神。

求求你……」

淚水奪眶而出。
我既無力，又狼狽。實在太難看了。我到底在幹嘛啊？
「……辦不到。」
聽到這句話的瞬間，我狠狠咬住奧爾斯帝德的腳。
「呼咕唔唔唔啊啊啊！」
我用牙齒咬著，並舉起噴出鮮血的右手，把剩餘的所有魔力注入到失去拳頭的手臂裡，試圖一口氣爆發出來。
就算同歸於盡，我也要殺了這傢伙。
「亂魔！」
我遭到一腳踹飛，失去集中力，魔力煙消雲散。
意識正在逐漸遠去，要是再次使用魔力，我肯定會昏過去。
「就算你擁有拉普拉斯的因子，具有強大的魔力，像那樣連續驅使大魔術，魔力也會耗盡。」
奧爾斯帝德將手伸了過來。
會被殺。會被殺死。我要是被殺，奧爾斯帝德就死不了。
要是奧爾斯帝德不死，露西就……洛琪希就……希露菲就！
不能死。我不能輸。絕對要贏才行。

可是身體動不了。沒有魔力。

血從手臂不斷噴出。意識開始模糊。眼前一片昏暗。

奧爾斯帝德的手遮蔽了我的視線。

啊、啊、啊啊。

啊啊……

要是有先決定好名字就好了。

★ ★ ★

「唔！」

奧爾斯帝德急忙躲開。

「……？」

回過神來，有一個人像是介入我和奧爾斯帝德之間似的站在那裡。

是女人。身材高挑，穿著黑色的衣服，披著帥氣的上衣。拿在手上的，是宛如透明刀身的單刃劍。由於只看到背影，不知道她的長相。

啊啊，可是我認識那個頭髮。幾乎垂至腰間的長度，帶有波浪的那個頭髮，像潑上了原色的油漆似的，火紅色的頭髮。

「讓你久等了，魯迪烏斯。」

艾莉絲．格雷拉特就站在那裡。

第九話「狂劍王對龍神」

幾天前，兩名女子的身影出現在魔法都市夏利亞的入口。

有著一頭灰髮的獸族女性，以及一頭華麗紅髮的人族女性。

獸族女性比人族女性高出一顆頭。兩個人披著相同的上衣，腰間同樣都垂著一把劍。

艾莉絲．格雷拉特和基列奴．泰德路迪亞。她們兩人結束漫長的旅途，如今總算是抵達目的地。

這趟旅程絕對說不上輕鬆。由於她太急著見到魯迪烏斯，決定穿過森林抄捷徑，然而卻因此迷路，還闖入了魔物的巢穴大鬧一番，總算穿過森林移動到最近的城鎮後，卻因為流氓找碴一時憤怒大打出手，結果樹立了無數敵人，再度大打出手，為此在出國時耽誤又再次動起干戈，大抵都是因為不斷自找麻煩發生爭執，使得她們花了不少時間才抵達夏利亞。

無論如何，兩人姑且也曾以冒險者身分生活過。在旅行途中慢慢地找回感覺，進入拉諾亞王國之後就較為順利地來到了魔法都市夏利亞。

抵達夏利亞後的行動也十分順利。

因為在冒險者公會收集情報時，知道魯迪烏斯宅邸的人為數不少。

魯迪烏斯．格雷拉特的名號，在這個城鎮可說是無人不知無人不曉。

甚至還有人提出建言，從門口就可看見他從貝卡利特大陸帶回來的珍奇魔獸，以及在魔大陸栽培的古怪魔木，想必馬上就能找到。

實際上，她們確實馬上就找到了目的地。

儘管魯迪烏斯宅邸和艾莉絲的老家相比簡直是天差地遠，但是依舊有著被稱為旅社也不為過的大小。

庭院很大，拿來作為鍛鍊場使用也不壞。

艾莉絲這樣和基列奴交談，但以她而言，卻很罕見地猶豫是否要踏入門裡。

她站在門前一動也不動，沉默暫時支配了一段時間。

艾莉絲維持雙腳站開的姿勢靜止不動。

抬起下巴，一語不發地抬頭看著這棟房子。

彷彿像是在表示只要這麼做，魯迪烏斯就會察覺到她的存在出來迎接。

此時，盤據在艾莉絲心中的，是至今在旅途中聽說的魯迪烏斯的傳言。

「泥沼」魯迪烏斯．格雷拉特。

他打倒脫隊龍，擊退魔王，被譽為魔法大學最強，儘管遭到旁人畏懼，行事目中無人，卻站在弱者這邊，逗趣的傳聞總是不絕於耳，是個不怎麼被人討厭的魔術師。

至於他的強度則是無法用言語表達，每當艾莉絲聽到這件事，就好似自己被誇獎般開心。

而在他的傳聞之中，最讓艾莉絲在意的，並非有關魯迪烏斯實力的部分。

而是逗趣的傳聞這部分。

比方說，「魯迪烏斯疼愛妻子，放學後會和妻子一起去購物」之類，「購物時會摸屁股惹妻子生氣」之類，「娶了一個像小孩的女人」之類，「居然娶兩個妻子，根本不算是米里斯教徒」之類。

總之，就是有關和魯迪烏斯結婚的女人的傳聞。

每當想起這件事，艾莉絲便會眉頭深鎖，在眉間皺起一道深深的皺紋。

約莫在進入拉諾亞王國時，也得知了那兩名妻子的名字。

希露菲·格雷拉特，以及洛琪希·M·格雷拉特。

到時如果和她們兩人面對面，艾莉絲不知道自己該怎麼做才好。

從信上得到她們的存在，在旅途中聽到傳聞，儘管在旅行期間思考過各種方案，但是她卻沒有想通自己具體上要說什麼才能順心如意。

站在門口一動也不動的艾莉絲。

此時和她搭話的是那位女僕——愛夏。

當艾莉絲出現在門口時，她就自問自答「那是艾莉絲小姐嗎？是艾莉絲小姐對吧？」並做好準備，為了能在艾莉絲敲門之後就能迅速做出應對而等待。

然而，在等待了將近一個小時之後，艾莉絲依舊還沒行動，於是她決定主動出擊。

艾莉絲這名人物對愛夏來說是恩人之一。

儘管不及哥哥魯迪烏斯那般尊敬，但在西隆王國拯救自己的人之中，艾莉絲無疑也是其中一員。

滴水之恩，定當湧泉相報，基於母親莉莉雅的教誨，當聽到「第三位」的話題時，自己也在心裡默默想過，如果艾莉絲喜歡哥哥的話就支持他們。

在愛夏手牽手帶領下，艾莉絲平安侵入屋內。

她受到愛夏和莉莉雅的熱情款待，在愛夏去叫上學的希露菲和洛琪希回來的這段期間，莉莉雅更是主動告訴她有關魯迪烏斯的現狀。

艾莉絲這才得知魯迪烏斯生了小孩，名字叫作露西。當她看到了那孩子，雖然露出了複雜的表情，可是卻發現自己並沒有那麼厭惡。

孩子什麼的自己也生一個就好，而且要生男孩子。

之所以讓她產生這種餘裕，都要歸功於負責對應的愛夏和莉莉雅。

在希露菲和洛琪希，以及諾倫回來之後，整個談話也進行得十分融洽。

雖然魯迪烏斯的兩名妻子對艾莉絲發育姣好的胸部與屁股感到顫慄，卻也沒有和愛麗絲起口角。

儘管這也是因為愛夏和莉莉雅早已營造出接納她的氛圍，不過基本上關於這個問題，她們已經在魯迪烏斯不在場的時候討論過了好幾次。

雖說諾倫的表情沒什麼好氣，但畢竟這件事已經商量完畢，她表面上也沒有反對。

因為兩人已經知道魯迪烏斯打算接納她，打算尊重他的心情。

另外，當艾莉絲在說話的時候，兩人從話中察覺到她對魯迪烏斯抱有著莫大好感以及尊敬，那種感覺非常舒服，甚至讓她們露出苦笑。

自己喜歡的事物受到讚賞，不論是誰都會開心。

然而，這般溫馨的氣氛也只有在一開始而已。

從艾莉絲問說「那麼，魯迪烏斯在哪？」之後，氣氛就開始劍拔弩張。

他去和奧爾斯帝德戰鬥了。

聽到這件事的艾莉絲指責兩人「為什麼讓他自己一個人去？妳們想殺死魯迪烏斯嗎」。

既然和魯迪烏斯在一起，就應該和魯迪烏斯共赴戰場。

對於這樣主張的艾莉絲，希露菲聲淚俱下提出反駁「雖然我有那種打算，但是他說會礙手礙腳，叫我們不要跟去啊」。

艾莉絲看到淚水之後愣住了，然後她仔細一想，才想起自己正是為了不要礙手礙腳才會跑去修行一事。

然後，又想到在自己離開的時候幫助了魯迪烏斯的，就是書信上提及的眼前這兩名女人，這讓她湧起了些許的嫉妒與優越感。

如果是自己就不會扯後腿。自己可以幫助魯迪烏斯。

她大聲這樣主張後，就帶著希露菲和洛琪希兩人以及基列奴，出發尋找魯迪烏斯。

接著，艾莉絲出現在這裡。

她們急忙趕向目的地，卻稍微走過了頭，看到大爆炸後又折返回去，聽見戰鬥的聲音後她找了又找，兩眼充滿血絲拚命尋找。

於是她發現了瀕死的魯迪烏斯，飛奔了過來。

擋在奧爾斯帝德的眼前。

★ ★ ★

艾莉絲握著劍神七劍之一的「鳳雅龍劍」擺出大上段的架式，和奧爾斯帝德對峙。

「基列奴！背後就交給妳了！」

奧爾斯帝德沒有擺出架式。

他只是露出狐疑的神色看著艾莉絲。不，映照在他眼瞳中的是倒在艾莉絲身後的魯迪烏斯，以及跑到他身邊的兩個女人。

艾莉絲邊注視他的眼睛，邊仔細觀察奧爾斯帝德。

上半身赤裸，全身上下都滲著血跡。頭上也流出鮮血，整體看來十分疲憊。髮稍焦黑，肩膀一帶也留下了瘀青。可見他累積了傷害。

另外，右手還拿著彎曲的劍。

艾莉絲從沒看過奧爾斯帝德那把劍，她也不覺得自己有選定劍的眼力。

可是，她能夠理解那把劍是相當不得了的兵器。

與自己手上的這把劍神的珍藏寶劍相比，那把劍潛藏著遠遠凌駕其上的驚人力量。

以前對峙的時候，他並沒有拿著那種東西。

就像是在表示根本不需要，空手就把他們完全壓制。

一想到魯迪烏斯給他造成如此傷害，甚至還逼他拔劍，讓艾莉絲甚至湧起一股難以言喻的感動。

（我也要像魯迪烏斯一樣……可是，不能著急呢。首先要爭取時間……）

艾莉絲這樣告誡自己。

自己無法打倒奧爾斯帝德。艾莉絲在對峙的瞬間就了然於心。

然後，自然地承認了這點。

從前，那股過大的差距導致艾莉絲無法明白。

抬頭仰望比自己的身高還多出百倍的塔時，只會覺得塔高。

認為自己有辦法登上。

然而如今不同。自己的個子長高，足以明白對手的高度。

艾莉絲也變高了。即使如此對手還是很高，來得更高。奧爾斯帝德身處的高度高到讓人頭暈目眩。

那個高度，實在不是艾莉絲有辦法登上的高度。

「艾莉絲．伯雷亞斯．格雷拉特嗎……妳那麼重視魯迪烏斯嗎？不是路克？」

「……路克？」

「他是命中注定會成為妳丈夫的男人。」

「我才不管那種事。」

艾莉絲對奧爾斯帝德的話充耳不聞。她不知道路克是什麼來歷。

但是，自己重視的人就只有魯迪烏斯。只有魯迪烏斯一個人。

其他誰也不要。

「也是。」

奧爾斯帝德沒有擺出架式。就像是在等魯迪烏斯回復一樣靜靜地看著。

他的站姿看起來破綻百出。

艾莉絲心知肚明。實際上，他是故意露出破綻。他一邊這麼做一邊等著艾莉絲主動攻擊。

「……」

艾莉絲的腦海裡浮現出和劍神最後一次的對談。

★★★

劍神加爾．法利昂把艾莉絲傳喚至自己的寢室，排好三把劍並這樣說道：

「妳要哪一把？」

艾莉絲一把一把拿在手上仔細端詳。

儘管她想說自己有當初在魔大陸拿到的劍就足以應付……但是伴隨著個子長高，那把劍變得越來越不合身，正想要一把稍微長一點的劍。

更何況，這把劍恐怕對奧爾斯帝德不管用。

依賴武器云云，表示作為劍士的自尊心不足，劍聖們恐怕會這樣說吧。

然而，艾莉絲很清楚。

自尊心什麼的根本是狗屁。

「就這把。」

艾莉絲選的，是外型最為樸實的一把劍。

刀身細薄，稍微有些彎曲的單刃劍。

完全沒感覺到一絲不祥氣息，這把劍甚至讓人感到清心透澈。

「是『鳳雅龍劍』啊。」

這把正是絕世名匠「龍皇」授予初代劍神的「鳳雅龍劍」。能夠最大限度運用劍神流的技巧。是為了劍神而存在的劍。

「選得好。」

「……先告訴我理由吧。」

「那把劍是魔劍。乍看之下沒有任何能力，但緻密地錘鍊在刀身的魔力，可將對手用鬥氣形成的防禦幾乎無效化。儘管不能將龍神那具有犯規般防禦力的鬥氣一併無效化，但可以達到輕減的效果。」

無視防禦。那就是「鳳雅龍劍」具備的能力。

「雖然這把不適合我，但如果是妳的話應該能夠駕馭。」

現在只有七劍中的三把，是因為劍神持有一把，兩名劍帝各自持有一把，另外則是劍王基列奴持有一把。

剩下的兩把，等現在還是劍聖的兩名年輕人再稍微成長之後，應該也會轉讓給他們吧。

「好啦，那就言歸正傳。首先，是和奧爾斯帝德戰鬥的方法……」

劍神首先以「一開始」這個字眼作為開頭，繼續說道：

「絕對不要先動手。」

艾莉絲不問為什麼。因為她也清楚個中道理。

「那傢伙的水神流達到了神級的領域。妳會被反擊技殺死。」

浮現在腦海的是過去的自己。一擊遭到轟飛的苦澀回憶。

「那就是第一階段。」

★★★

劍神流以先發制人為絕對守則。因此奧爾斯帝德能針對這點反擊。

這種單純的戰法正是他使用的必勝手段——劍神如是說。

因此，艾莉絲不主動出手。對於嚴陣以待的水神流絕對不能輕易出手。

進攻的劍神和防守的水神，是最糟糕的組合。

水神流的反擊不存在失敗二字。只要沒有一定程度的實力差距，水神流可謂勝券在握。

在和水王伊佐露緹的訓練之中，艾莉絲已經切身體會過這點。

所以，艾莉絲絕對不會先發制人。

對於被評為狂犬，必定會先下手為強的她而言，這是個十分煎熬的局面。

「嗯……？不過來嗎？」

奧爾斯帝德以狐疑的眼神看著雖然擺出架式，卻絲毫不打算進攻的艾莉絲。

劍神流一定會率先進攻。那就是那樣的劍術。

「我只要等待就行了。然後，會和魯迪烏斯一起攻擊。」

艾莉絲靜靜說道。

「……真令人吃驚啊。艾莉絲・伯雷亞斯・格雷拉特居然會選擇和伙伴一起戰鬥。這也是變化嗎？我的確認為只要跟隨出色的師父，艾莉絲・伯雷亞斯・格雷拉特的確會變得稍微懂事，原來如此……會變成這樣啊。」

「我已經不是伯雷亞斯了。是艾莉絲・格雷拉特。」

「意思是妳和我知道的艾莉絲是不同人嗎……」

奧爾斯帝德這樣說道，緩緩擺起架式。

左手無力地垂下，緩緩抬起右手，劍尖直指艾莉絲。

「那麼，就由我進攻吧。」

彼此都沒有動手，戰鬥移轉到第二階段。

★★★

艾莉絲再次回想起與劍神的對話。

「那傢伙能以手刀擊發『光之太刀』。但至於要如何應對『光之太刀』，妳已經在和妮娜進行模擬戰時做過好幾次了吧？那想必妳也明白了才對。就是把還沒有達到最高速度的手腕斬斷。」

「只是，妳不知道會從右邊還是左邊放出。要是他用雙手擺出架式，妳就賭其中一邊。也不知道會從上面還是從下面過來。妳就以上段或是下段擺出架式。那就是第二階段。」

劍神的確是這樣說的。

想到這裡，艾莉絲眉頭一皺。因為奧爾斯帝德已經拔劍。

他不是用手刀。擊發過來的會是完美的「光之太刀」。

有辦法應對嗎？自己應該辦得到才對。艾莉絲如此自問自答。因為奧爾斯帝德並非處於萬全狀態。他呼吸有些急促，遍體鱗傷。拿著劍的手臂也淌著鮮血。

更何況，奧爾斯帝德是以右手擺出架式，如同原先的預期是從下往上攻擊。

明明受傷了，卻只用單手。

（被小看了……）

平常的話很有可能會因此而激動的艾莉絲，此時卻出奇地冷靜。

艾莉絲在年幼時期對於被小看一事特別敏感，但就連她自己也沒料到，如今居然會認為被人小看反而更加有利。

「劍神流奧義『光之太刀』。」

在奧爾斯帝德的手以驚人速度擊發劍招的同時——

「劍神流奧義『光返』。」

艾莉絲把劍往下揮。

反覆訓練了幾千次的型之一。對應光之太刀的方法。在尚未抵達最高速度的位置，以最高速度追上並將其兩斷。

奧爾斯帝德的劍及手掌在空中飛舞。

（成功了！）

艾莉絲這樣認為。

然而，奧爾斯帝德卻在下一瞬間做出了驚人之舉。

他用左手抓住飛舞在空中的手掌，迅速接回手臂。幾乎與此同時，為了不讓空出來的上半身露出破綻，順勢使出了一記迴旋踢。

艾莉絲迴避了這波踢擊。因為在劍神的建議中，曾提及他有可能採取這樣的行動。

「……唔！」

她往後退了半步迴避踢擊，回砍一刀擊落了追擊而來的手刀。

彼此都不是光之太刀。

因此，艾莉絲的斬擊無法傷害奧爾斯帝德分毫。儘管鏗一聲令手刀偏移軌道，奧爾斯帝德依舊毫髮無傷地站在該處。

稍微遲了一會兒，奧爾斯帝德把劍咚的一聲插在背後的地面上。

艾莉絲望向奧爾斯帝德，發現他原本被斬落的手掌已經修復完畢。

同樣的，剛才他身上那些疑似魯迪烏斯造成的傷害也消失得無影無蹤。是治癒魔術。趁剛才一瞬間的攻防，奧爾斯帝德使用了治癒魔術。

而且，只用僅僅一次的治癒魔術就治療了所有傷勢。

（真是怪物。）

艾莉絲靜靜地這麼想。

剛才的斬擊雖然並非光之太刀，但也具有相當驚人的速度以及威力。但是卻遭到彈開。除了光之太刀以外，無法粉碎龍神的龍聖鬥氣。即使是「鳳雅龍劍」也難以辦到。

「這個戰法，是劍神從旁指點的嗎？看來他相當看重妳啊，艾莉絲．格雷拉特。」

艾莉絲架劍恢復上段姿勢。心如止水，保持平靜。

對於這樣的艾莉絲，奧爾斯帝德所做的並非使出斬擊。

「妳是在加爾．法利昂的床上，聽他吹噓武勇事蹟嗎？」

不管怎麼說，艾莉絲還是很尊敬劍神。在這幾年，拚死鍛鍊艾莉絲的人正是加爾．法利昂。他把自己的夢託付給艾莉絲。兩人之間絕對沒有男女關係。

僅是師父以及弟子。利害關係一致的師徒。

如果是平常的艾莉絲，這番話是她絕不原諒的暴言……而且他偏偏說給後面的三人，不，故意說給魯迪烏斯聽見。

但是……但是，她曾聽那位師父這樣說過。

「要是事情發展順利，奧爾斯帝德搞不好會突然出言挑釁。妳可別中計了喔。」

劍神預測到他會挑釁。

因此艾莉絲也不受動搖。完全不需動怒。

現在奧爾斯帝德正在劍神加爾·法利昂的掌心上。

「哼。」

「…………是嗎，真的變強了啊。」

看到艾莉絲哼了一聲不理不睬，奧爾斯帝德只是寂寞地低喃了一句……

兩手架起手刀。

艾莉絲見狀，想起劍神最後一句話。

「那傢伙因為某種理由而無法使出全力。明明他還會使用劍術及魔術，卻盡可能地只靠鬥氣和體術想辦法撂倒敵人。尤其是在對上自己知之甚深的流派的時候。鬥氣和體術，如果還不夠的話也會用魔術，以最合適的行動打倒敵人。不過當他不知道的時候……」

「那傢伙對第一次見到的招式，會有想要觀察的習慣。那搞不好就是那傢伙的弱點。」

艾莉絲的腦海，浮現出奧爾斯帝德和魯迪烏斯第一次進行戰鬥的景象。

像是在凌遲脆弱的老鼠，奧爾斯帝德那不成熟的行動。

不給他最後一擊，而是慢慢玩弄般的行動。

「嘰哩！」

艾莉絲咬牙切齒，並移動放在鳳雅龍劍上的左手，改擺在位於腰間左側，置於米格路德村拿到的無名愛劍上。

只用右手擺出上段架式的鳳雅龍劍，以及收在刀鞘裡面的無名劍。

不合常規的二刀流。

然而，劍神流沒有二刀流。二刀流是北神流的型之一。

再者，即使是被稱為魔劍的鳳雅龍劍，也不可能以單手放出光之太刀。

縱使有拔刀術這項武學，反手也無法放出居合斬。

無用的架式。無用的舉動。

這不是被授予劍神流免許皆傳的劍王應該擺出的架式。

「唔……」

正因如此，奧爾斯帝德的動作停下了。

他依舊架著手刀，看著艾莉絲。他的眼睛現在已沒有映著正在接受治療魔術的魯迪烏斯。

他只注視著自己。但是不能浪費時間。要是自己什麼都不做，奧爾斯帝德就會主動進攻。

為了這個時候，艾莉絲曾以臨時抱佛腳的方式練過一招。

那就是從北帝奧貝爾身上學來的北神流技巧。從前只看過一次的招式。

艾莉絲試著在劍收入劍鞘的狀態下，練習到能以單手最速發招。

儘管招式還沒成型，但能確實奪走對方的性命。

「被逼到絕境的北神流會把劍擲出」。

艾莉絲的左手動作粗糙，但卻筆直地動了。

她用指頭勾住劍柄，維持拔劍的動作，把劍擲向奧爾斯帝德。

和艾莉絲長久以來同甘共苦的無名之劍，劍尖直指奧爾斯帝德飛翔過去。

艾莉絲的左手在擲劍之後氣勢未減，順勢移動到擺出上段架式的劍上。

盡可能地以最快速度，把左手移動到鳳雅龍劍。

到達的瞬間，便以雙手持劍。

就連一瞬間的延遲也沒有，「光之太刀」炸裂。

「！」

灌注了渾身之力的光之太刀，追過被擲到半空中的無名之劍。

接著，以最短距離朝向奧爾斯帝德的腦門疾馳，以最快速度命中。

鏘然一聲。

「……嘖！」

艾莉絲維持放出光之太刀的姿勢嘖了一聲。

她的劍，被奧爾斯帝德擋下。

是空手奪白刃。

儘管投擲過去的無名之劍擊中了奧爾斯帝德的身體，但卻被龍聖鬥氣彈開，往艾莉絲的遙遠後方飛去。

「超乎我的想像。但是，這樣就結束了嗎？」

「不。」

儘管鳳雅龍劍遭到對手固定，艾莉絲卻這樣大喊並回頭。

她回頭望去的地方，是無名之劍掉落的位置。

魯迪烏斯就站在那裡。

是結束治療的魯迪烏斯。

「……現在才要開始！」

艾莉絲回頭望去，映在他眼眸之中的，正是魯迪烏斯的身影。那確實是魯迪烏斯。

然而，他眼睛底下冒出漆黑的黑眼圈，明亮的褐髮變成白髮，腳也不停打顫，臉色蒼白，嘴唇發紫，身體是由希露菲和洛琪希幫忙撐住，露出一張將死之人的表情站在那裡。

「…………」

「妳說是什麼要開始啊？」

就算講客套話，魯迪烏斯看起來也不可能繼續戰鬥。他已經沒有魔力，沒有力氣，甚至連意志也不剩。那副模樣與遍體鱗傷一詞十分相稱。

「…………我說現在開始，就是現在開始。」

艾莉絲見狀——做好了覺悟。

她重重地吸氣，吐氣。反覆這個動作三次。在大口吸氣的狀態下感受手汗的觸感，同時重新用力握劍。狠狠地咬緊牙根一次，輕輕舔了嘴唇。

在丹田注入力量，一邊用力吐氣，一邊震動喉嚨。

「妳們快帶魯迪烏斯逃走！」

艾莉絲放聲大喊。

「我就算犧牲性命，也會攔住奧爾斯帝德……！」

希露菲明確地感受到這份覺悟。她曾經看過同樣的覺悟。

過去和愛麗兒一起旅行時的同伴也有著相同的覺悟。換句話說，就是視死如歸的覺悟。

「我……我也要戰鬥！」

希露菲如此大喊。

她的腳在顫抖。希露菲第一次親眼見到奧爾斯帝德，在那堪稱恐怖象徵的存在面前，做好了捨命一戰的覺悟。

然而，為了保護魯迪烏斯而做出覺悟，對她而言並沒有多困難。

她反而感到後悔。因為自己居然讓心愛的人隻身面對這種對手。

艾莉絲在夏利亞對她說的那句「妳們想殺死魯迪烏斯嗎」還微繞在耳邊。

她沒有這種打算。

因為魯迪烏斯雖然在煩惱，依舊恢復了平常的狀態，她覺得應該不要緊。魯迪烏斯隨時都能回來，而且他擁有超出常人智慧的強大。

魔導鎧也同樣有著驚人的力量。她認為沒有對手能戰勝那具裝甲。

既然如今知道那是自己誤會的話，希露菲也不會再有所迷惘。

「……！」

艾莉絲望向希露菲，看著她的眼睛並點了點頭。

「……那麼，後衛就交給妳了！基列奴！妳護送魯迪烏斯和洛琪希逃走！」

「艾莉絲！保護妳才是我的工作！」

反對這句話的人是獸族的劍王。

她目睹了艾莉絲的戰鬥，見證了她的努力。所以她才沒有插嘴，也沒有動手，打算把這一切看到最後。因為她認為這麼做，才是對艾莉絲已故的祖父，對自己有著大恩大德的紹羅斯回報情義與恩情。

「妳不聽我說的話嗎！我叫妳保護我重要的人啊！」

「……不聽！要是妳死了，我哪有臉向紹羅斯大人和菲利普大人交代！」

然而，既然很清楚她要踏上的是一條不歸路，那當然不能應允。
不能讓艾莉絲白白喪命……儘管頭腦差勁的基列奴沒有想到這麼遠，總之還是反射性地反駁。
「……現在應該要逃跑才對！」
洛琪希領悟到戰鬥對於懷孕的自己來說負擔太重。
儘管一路跟到了這裡，但她明白一旦戰鬥起來確實會礙手礙腳。因此，她打算把魯迪烏斯拖到放在森林外頭等候的馬匹那裡，再以最快速度逃離此處。
哪怕流產，至少也得讓魯迪烏斯逃走。
她沒有想過之後的事情，但她認為現在應該要逃走重整態勢才對。
無視艾莉絲和基列奴的口角，無視希露菲和洛琪希的決心。
「…………呼。」
奧爾斯帝德長嘆了一口氣。
這口氣，讓除了魯迪烏斯以外的所有人都擺好架式。怒瞪奧爾斯帝德。
奧爾斯帝德對集中在自己身上的視線視若無睹，直接大聲地說道：
「魯迪烏斯．格雷拉特！」
魯迪烏斯身子一震。
「只要你還和人神勾結，我就不會放過你！就算把在場的所有人類，鎮上所有人類全都趕盡殺絕，我也會追殺你到天涯海角！」

魯迪烏斯抖得更加厲害。他直打哆嗦，低頭望著腳邊。

「人神所說的話無法信任……但假如人神真的說過你所說的話，我會在殺掉你之後，再擄走你的孩子！」

聽到這句話後，魯迪烏斯停止了顫抖。

眼神恢復了生氣。用左拳敲打不停顫抖的腳，用右手試圖奪取洛琪希的魔杖拿在手上，但卻沒有察覺自己失去了右手的事實，身體失去平衡。

在手忙腳亂的洛琪希支撐下，魯迪烏斯怒視奧爾斯帝德。

在那眼神之中的，是殺意。

「但是，你模仿鬥神製造的那套鎧甲，有著拉普拉斯因子的那股魔力，以及我的詛咒無法發揮效果的體質，有利用的價值！」

「？」

奧爾斯帝德的這句話，讓魯迪烏斯的殺意有了若干動搖。

對著露出疑惑表情的魯迪烏斯，奧爾斯帝德繼續說下去。

「背叛人神，跟隨我吧！」

聽到這句話後立即做出反應的是這兩個人。

「別說夢話了！」

「魯迪，不可以！」

艾莉絲和希露菲很肯定奧爾斯帝德在撒謊。

沒有根據。但是卻如此堅信。基列奴和洛琪希雖然保持沉默，不過她們也認為奧爾斯帝德在打什麼壞主意，這句話背後另有隱情。

「答應的話，你對我發動奇襲一事可以付諸流水，你被砍下的手臂傷勢也由我來治療！」

「……」

但是，魯迪烏斯不同。

他察覺奧爾斯帝德的聲音隱含了某種東西。注意到他喉嚨深處的顫抖。

他發現了這點。

「只要……得到我的龍神之庇護，人神應該也沒有辦法輕易對你出手。」

魯迪烏斯的眼中，混雜著懷疑與猶豫的光芒。

「現在這些對話，也不會傳到他的耳中！」

「……」

「假如你並非心甘情願服從人神，這應該是個不錯的提議！」

「…………」

「選擇吧！魯迪烏斯．格雷拉特！是要跟隨人神，在我的手中失去一切！還是要跟隨我，一同與人神戰鬥！如果是你，如果是我的詛咒無法產生作用的你，應該能以自己的意志做出選擇！」

魯迪烏斯和奧爾斯帝德的眼神交會。

魯迪烏斯就這樣緩緩地吐了一口氣，像是在確認著什麼似的目不轉睛地盯著他的臉。

試圖看到藏在奧爾斯帝德表情深處的真相。

當然，魯迪烏斯不可能看得到那種東西，就這樣過了幾秒鐘的時間。

「魯迪？」

魯迪烏斯搖搖晃晃地鬆開了洛琪希的手。

儘管步履蹣跚，他依舊緩慢走著，靠在基列奴的肩上，以踉蹌的步伐抱住希露菲，穿過艾莉絲的身旁。

最後倒在奧爾斯帝德的腳邊。

他雙膝跪地，就這樣抬頭仰望奧爾斯帝德。

「真的，有從人神手中，保護我家人的方法嗎……？」

「有！儘管那傢伙擁有強大的未來視，但不是看得見全部，也並非全知全能。」

「那個方法，絕對……絕對不要緊嗎？」

「……不是絕對。畢竟我也沒有完全掌握那傢伙的力量。」

奧爾斯帝德沒有斷言。他沒對魯迪烏斯說沒問題，也沒有要他放心。

魯迪烏斯用尋求救助的目光看著奧爾斯帝德。

魯迪烏斯眼角的淚水，到底是基於什麼想法才浮現的呢？

只不過，魯迪烏斯做出了決斷。

「……我……要臣服在龍神麾下（你）。請你救救我。」

那天，魯迪烏斯・格雷拉特成為了龍神的部下。

第十話「艾莉絲・格雷拉特 前篇」

清早起床，和諾倫一起慢跑做了空揮訓練，回來後緊緊抱住正在照顧露西的希露菲，去客廳向愛夏以及莉莉雅打招呼，幫剛起床還睡眼惺忪的洛琪希梳頭綁好辮子，接著去庭院叫在和寶寶魔木比特互相凝視的塞妮絲，跟她說早飯煮好了，然後和家人一起享用早餐。

我回到了這樣和平的每一天。

但是，當然並不是什麼都沒發生。我的確和奧爾斯帝德互相廝殺。

結果慘敗，被他教訓得體無完膚……然後活了下來。

證據就是——我看了看自己的掌心。

試著使勁一握，手掌確實傳回指尖的觸感。

兩手都有。

在那之後，就是我向奧爾斯帝德低頭發誓效忠之後。

奧爾斯帝德按照約定對我施加治癒魔術。我的右臂轉眼間就重新再生，順帶連九頭龍戰之後失去的左手也恢復原狀。

奧爾斯帝德進一步對我施加了某種術式之後，就把自己佩戴在身上的手環交給我。然後說「當你的魔力恢復之時，我會再跟你聯絡」後就離開了。

我的左手現在也依舊戴著那手環。

我不知道這個手環究竟具有什麼樣的效能。

是幫助我恢復魔力的道具嗎？還是說，是用來防止人神偷窺的東西？

從那之後已經過了十天，但人神沒有在夢裡出現。我記得奧爾斯帝德也說過只要獲得龍神的庇護，就可以防止人神的干涉，應該是後者吧。

或者，這沒有任何意義。只是類似龍神屬下的社員證也說不定。

不管怎麼樣，我輸給了奧爾斯帝德，對他俯首稱臣。

我背叛了人神，加入了這一方。自然不會取下這個手環。

我不後悔自己背叛人神。

老實說，心情很暢快。

與其說「我搞砸了」，反而更加接近「我做到了」這種感覺。

已經沒有退路了。

不管奧爾斯帝德是多麼討厭的傢伙，今後我也不可以背叛他。

我要和他生死與共。就算這是人神的如意算盤，也已經太遲了。

可是，以我個人的感想來說，感覺奧爾斯帝德比人神更為可信。

該怎麼說呢，他身上有種類似瑞傑路德的那種感覺。

儘管他不像瑞傑路德那樣重視榮耀，也不會顧慮小孩，可是，和只會隔山觀虎鬥，自己什麼都不做的人神相比，他處理事情的時候感覺會以身體力行。

但不管怎麼說，我現在如釋重負。感覺就像放下了胸口大石，變得輕鬆許多。

事實上說不定根本沒有變輕鬆，但心情上就像跨越了一道關卡。

另外，在那之後，我和在場的希露菲和洛琪希談過了。

希露菲朝著我哭泣，洛琪希則是對我說教。

她們很後悔，如果知道是那麼危險的對手就會阻止我。另外，也對我成為奧爾斯帝德的屬下一事表示不安。但是，以當時的狀況來說這也無可奈何，我只能這麼做，這樣回答之後，暫時取得了她們的諒解。

後來我回到家裡，向家人報了平安之後就睡著了。

或許是因為體力和魔力都耗盡了吧，我持續睡了整整一天。

在清醒之後，我把與奧爾斯帝德一戰敗北，並臣服在他麾下一事告知協助我的人們。

順帶一提，佩爾基烏斯看起來最為鬆了一口氣。

算了，不管是誰都不會想要和那傢伙敵對吧。

話說回來，當我報告此事的時候，每個和我碰面的人都愣住了。

感到納悶的我試著詢問之後，這才得知我的頭髮好像全都變成白色。

佩爾基烏斯如是說，一口氣耗盡大量魔力，就會像這樣對頭髮造成影響。

一直以來始終沒搞懂希露菲頭髮會變白的理由，這下總算解開了謎題。

只不過我的頭髮已經逐漸從根部長出茶色的毛髮。可能和希露菲的狀況不同，只是暫時性的而已。

就算只是暫時性的，如果能和希露菲湊成一對的話就沒有任何問題啦……

由於我不知道人神會採取什麼行動而保持警戒，不過目前什麼都沒發生。

身體狀況也恢復得相當不錯，感覺得到耗盡的魔力正在恢復。

話說起來，從奧爾斯帝德的口氣聽起來，他似乎知道我這個身體的魔力有何祕密。

有提到拉普拉斯的因子什麼的……算了，如果奧爾斯帝德認為有必要應該就會把這部分的事告訴我才是。現在只要等待即可。

好啦，先把這件事放在一旁。

在這一成不變的日常生活，發生了一項變化。

★★★

「再來一碗！」

「艾莉絲姊姊，已經沒有湯嘍。」

「是嗎？真少耶！」

餐桌上多了一名以往不存在的人物。

有著一頭紅髮，身材高挑的女人……是說，就是艾莉絲。

她一副理所當然地跟到了我家，理所當然地占領了客房，理所當然地開始一起生活。

順帶一提，基列奴住在我家附近的旅社。

不知道是因為看到塞妮絲現在這種狀態感到震驚，或者是在顧慮我們。

總之，只有艾莉絲留在這裡。

她有時也會出門，但基本上都待在家裡。

在家裡看希露菲煮飯、看洛琪希準備教材、看愛夏和莉莉雅處理家事，或是盯著塞妮絲和露西兩人……總之，她不動的時候經常會盯著家人看。

然後，每當希露菲和洛琪希做些什麼的時候，她就會面有難色地緊抿嘴角。

許久不見的艾莉絲，有了不小的變化。

該怎麼說呢，她變得更加帥氣。

以女人來說身材高挑，姿勢也很端正。

服裝也非常得體。她身穿和基列奴類似的皮革外衣，容易活動的黑色上衣和褲子，包裹在衣物裡面的，是旁人一看也會一目了然，充分鍛鍊過的肉體。

可是絕對不算肥胖，而是被緊緊壓縮起來的感覺。

光是看著她就會深深著迷。

而更值得一提的是那個胸部、腰部和臀部。豐胸、翹臀、小蠻腰。

臉和五年前相比也脫去了稚氣，外貌已儼然是個端莊的美女。如今她已不是少女，而是蛻變為成熟女性，其中的變化一目了然。

或許也與這樣的外表變化有關，我一直沒有機會和她說話。

在我去相關場所報告決戰結果的這段期間錯失了機會。

儘管這部分也是原因，但不知為何，我光是看著她就會心跳加速。

我有好幾次都想跟她說話。

可是，該說是實在抓不到時機嗎……當我想著要對她說些什麼，她那銳利的眼神就會讓我的心七上八下，回過神來就已經移開視線。在那之後也久久無法平復，需要相當久的時間，才能平靜高亢的心跳。

這莫非是……恐懼？

不，開玩笑的啦。其實我很明白。

這是戀愛。

看來我似乎迷上了艾莉絲，重新迷上了她。

我也覺得自己很單純，但是艾莉絲在我九死一生之際帥氣登場，壓制住奧爾斯帝德，甚至不惜賭上性命保護我，她的身影至今依舊深深烙印在我的眼裡。

這樣不迷上才奇怪。

現在的我，是戀愛中的少女。

是少女烏斯，成為天使的高中二年級生。

既然我的心都變這樣了，如今必須採取的行動就只有一個。

反正已經取得了希露菲和洛琪希的認可，那當然就是要盡快和她求婚。

可是……

這是我回到家後從愛夏那聽來的，艾莉絲在這幾年以來，好像就是為了要和我一起與奧爾斯帝德戰鬥，才會在劍之聖地忍受著嚴酷的修行。事發原因是在赤龍下顎與奧爾斯帝德的那一戰造成的。艾莉絲看到我為了以防下次再發生同樣的事而學了亂魔，才會誤以為我在考慮打倒奧爾斯帝德。

儘管我不認為當時的我和艾莉絲之間有那麼大的差距，但總括來說，艾莉絲是因為判斷自己的實力無法和我平起平坐，才會決定出外修行。

從艾莉絲的立場來看，目前的狀況等於是被我背叛。

原本抱著出差或是一個人前往海外工作的打算而前去劍術修行，回來之後卻發現喜歡的對象已經和別的女人在一起。

這根本是見異思遷，外遇。我們兩人在這部分的想法確實有所出入，何況當初那件事也已經可以做出解釋。

相信就算是艾莉絲，也大概可以理解目前的狀況。

可是，她心中肯定無法平靜。

以艾莉絲的個性來說，就算把小刀架在腰間猛衝過來也不足為奇。要是我在這種狀況下主動說什麼「我重新迷上妳了，嫁給我吧」，似乎有點不太妥當。

另外，艾莉絲的舉動實在讓人毛骨悚然。

該說是不知道她在想什麼嗎……

怎麼說呢，雖然這樣講不太好，但是艾莉絲不是還挺任性，又自我中心嗎？在我的印象中，她應該會不顧周遭就採取行動才對。

「魯迪烏斯！我喜歡你！我要和你結婚，所以晚上來我房裡！今晚不會讓你睡喔！魯迪烏斯是我的！其他女人都給我出去！」

像這樣。

但她卻隻字不提。

該說是不主動表現自己還是該怎麼說，就是安靜到讓人驚訝。

雖然這是我的猜測……

前幾天，她賭上性命從奧爾斯帝德手中保護我。直到那個時候之前，艾莉絲都對我抱有莫大的幻想也說不定。

艾莉絲堅信這五年來我也像她那樣為了變強而持續努力。

但是我卻不是那樣。儘管我自認有以自己的方式努力，但不是那樣。

我被奧爾斯帝德打得體無完膚，艾莉絲應該也有看到我悽慘地在地上爬行的模樣才是。不僅如此，我還有兩名妻子。據說最近鎮上還流傳著我有點那個的傳聞。

這樣就算艾莉絲對我幻滅也不足為奇。

之所以不發一語，說不定是因為她打算在近期就離開這裡。

搞不好她是在想道別的台詞。

一想到這裡，我就實在很怕主動向她搭話。

我害怕遭到拒絕。要是被那個帥氣的艾莉絲說「你對我來說已經無所謂了！」的話，我會很受傷。雖然這樣一來，以結果來說或許是正確的，但想必我會感受到莫大的失落感。

可是，如果真是那樣，她應該在更早的階段就會跟我說了吧？不對～可是啊～嗚～啊～

總之可以肯定的是我們必須好好商量才行。好好地推心置腹，商量今後的事情……我是這樣想，但始終找不到時機。

我沒有主動開口，艾莉絲也什麼都不說，就這樣拖拖拉拉地一天一天度過。

可以的話，我想在奧爾斯帝德聯絡之前和她談談，清算過去，給自己個痛快。

可是，我卻不知道該如何是好。

我會就這樣拖拖拉拉地和艾莉絲一起生活下去嗎？

當我在腦內胡思亂想時，洛琪希突然開口：

「那麼，何時才要舉辦宴會，慶祝你和艾莉絲結婚呢？」

她如此詢問。

「宴會……是嗎？」

「是的，因為我那時也舉辦過，所以當然會辦吧？因為我那天得請假，所以希望你能趁現在告訴我大概是在何時……」

聽到洛琪希這番話，我緘口不言。

洛琪希見狀後皺起眉頭。

「你該不會什麼都還沒說吧？你在艾莉絲來之前還講了那麼多理由不是嗎？」

我想自己的表情一定很尷尬。

家庭內部已經談好了。已經做好迎娶她的準備。

愛夏是理所當然，就連那個諾倫也認可艾莉絲將要成為家人的一員。

不僅如此，諾倫還經常和艾莉絲興高采烈地聊著瑞傑路德的話題。

那兩個人好像出乎意料地投緣。
沒有任何人反對，再來就只剩我要下定決心。
「魯迪，不可以逃避。艾莉絲可是在等你喔。」
洛琪希豎起一根指頭，擺出一副姊姊姿勢。
「等我？」
「沒錯。她在等魯迪對自己說『飛奔到我懷裡吧！』。」
洛琪希這樣說道，同時攤開雙手擺出手勢。真可愛。
「艾莉絲會這樣想嗎……是說，這應該是洛琪希的願望吧？」
「什麼！人家明明在說正經事，請不要矇混過去！」
洛琪希擺出擺出氣噗噗的表情舉起雙手。
……一個不小心就含糊其詞了，不過是那樣嗎？艾莉絲一直在等我主動開口嗎？她是那種類型的人嗎？
不，洛琪希應該不會說謊。這才是真正的建議，神明的啟示。既然洛琪希從後面推了一把，那麼我應該沒有迷惘這個選項才是。
鼓起勇氣吧。我要主動出擊。好好地說出來，和她交談，要是因為這樣遭到拒絕，再麻煩洛琪希和希露菲安慰我。好……等等，在那之前。
我突然攤開雙手試著這樣說道：

「洛琪希，飛奔到我的懷裡來吧。」

「所以我說請你別矇混……」

洛琪希話講到一半就停住了。

她看著我的臉，又東張西望地環顧周圍，確認沒有任何人。

然後將舉起的雙手放到肩膀的位置，輕輕飛身一躍飛奔到了我的懷裡。

她那已經逐漸顯眼的肚子頂在我身上。

「要是蹦蹦跳跳的，會對肚子裡的小孩有影響喔，公主殿下。」

「要是不讓肚子裡的孩子稍微運動一下的話會變虛弱的，沒關係。」

洛琪希的低喃聲音刺激著耳朵。

是這樣嗎？是這樣吧？就當作這樣吧。

所以我想暫時先卿卿我我一下，讓洛琪希坐在我的大腿，我則是在椅子上坐下。

就在此時，我不經意地感受到一股視線。

「……嗯？」

有人從門後像是女管家那樣探出半身看著我。她的目光熠熠生輝，射穿了我的眼睛。

是艾莉絲。

「呀啊！」

「怎……怎麼了嗎，魯迪？」

我慌張地抱緊洛琪希，艾莉絲生氣地別開視線，消失在走廊的黑暗之中。

好可怕。雖然什麼都沒說，但是好可怕。

我……我還是明天再找她談吧。

★　★　★

隔天，我為了和艾莉絲交談而尋找她的身影。

我馬上就找到了艾莉絲。她正在庭院做空揮練習。

不知為何諾倫也在一起。她不用去學校嗎？

艾莉絲一邊向諾倫說「不是那樣，是這樣」，一邊教導她揮劍的方法。

「所以我就說不是那樣了吧！為什麼妳搞不懂？」

「就算妳那麼說，到底是哪裡不行呢？」

「妳說哪裡……」

因為艾莉絲是感覺派，諾倫受她指導想必也很辛苦吧。畢竟像她那種感覺派的天才，並沒有理解自己所做的動作。

當我這麼想的時候——

「左手的力量不夠。因為妳揮劍的時候只靠右手在揮，所以劍尖才會偏掉。」

咦？我剛剛是幻聽了嗎？

「要更加意識到左手……妳試著想像只用左手揮劍看看。這樣就能揮得很漂亮了。」

這些話，難道是艾莉絲說的？

不是艾莉絲在張嘴，基列奴在旁邊幫她配音？

「原來如此，我明白了。」

「明白就好。」

兩人這樣說完，又開心地重新繼續空揮。

感覺諾倫的空揮變得稍微好了一些。

……也對，艾莉絲是劍王。以前基列奴也說過，光靠感覺是當不上劍王的。艾莉絲同樣也是，在成為劍王之前就掌握了所謂合理性的思考方法吧。

不過話又說回來，艾莉絲的空揮真快啊。從劍的根部開始甚至看不見殘像。

而且，好美。

咻的一聲把劍舉起，不出任何一聲揮下。當劍猛然停止，才發出咻的一聲。

實在讓人看得心醉神迷。光是看著就幾乎要發出讚嘆。

威風凜凜的側臉，附著在上面的汗水。緊實的肉體與躍動的肌肉……

啊！我注意到一件很不得了的事。

艾莉絲每次揮劍，她那具有彈力的胸部就會彈跳搖晃。不是大力搖晃那種，而是微微震動的感覺。這恐怕是因為她的揮劍沒有一絲多餘，上半身幾乎不動才有辦法形成這種微微震動。是說，她穿的衣服與其說是無袖襯衫，倒不如說是運動內衣那種感覺，下面該不會沒有穿著胸部裝甲(胸罩)吧？

艾莉絲每次空揮，就會讓我盯得目不轉睛。彷彿會發出咕咚一聲。

是宛如鐵鎚般的空揮啊……！

「……？」

突然，艾莉絲的胸部搖晃……不對，空揮停止了。

我想說是怎麼回事望向她的臉，才發現她正看著這邊。

緊抿嘴角往下歪，腳張到與肩同寬，下巴微微抬起。啊啊，接著只要再雙臂環胸，就會是那個懷念的姿勢了。當我這麼想的時候，這才注意到她手上拿的東西。

那是和奧爾斯帝德對戰時也使用過的，看起來很鋒利的真劍。

我決定先暫時離開現場。

哎呀，和拿著刀劍的對象講艱深的話題還是有點……對吧！

——兩個小時後。

我估算她們結束訓練的時間，再次尋找艾莉絲。

然而她們已經不在庭院。那想必是在淋浴吧。我去了更衣間一看，發現只有諾倫的衣服。

偷窺？當然不會啦。

我試著找過家裡，但到處都沒發現。她到底跑去哪裡了？是馬上換完衣服直接出門了嗎？那麼要等她回來嗎？不對，也不需要在家裡講，既然她出門了就追上去吧。

我得出這個結論，並想說姑且先上個廁所，就在把手放在門把上的瞬間。

門從另一邊氣勢洶洶地打開了。

「啊。」

「……！」

擺出驚訝表情的艾莉絲就站在眼前。

五官端正，長相清秀的美人。

稍微有些溼潤的波浪紅髮披在肩上，好似流水一般垂落在胸前。

襯衫被汗水浸透貼在胸口。從襯衫可以看見山谷。像黑洞那樣吸引視線的深邃山谷。

有谷就有山，眼前有兩座雄偉壯麗的山峰。

襯衫因汗水貼在山上，在頂點浮現著顯而易見的突起。

換句話說，在我眼中的畫面正是理想鄉。

「什……什……什麼啦……」

艾莉絲露出不知所措的表情。紅潤的臉。可愛的表情。

我下意識把手伸出，試著觸摸具有重量的山峰，以及位於頂點略微堅硬的部分。

啊，好柔軟。

——在下一瞬間，艾莉絲的肩膀冷不防一晃，我便失去了意識。

當我回過神來，我的後頭部正被某種既柔軟又堅挺的物體包圍。比我平常使用的枕頭還硬，然而卻又莫名溫暖，是具有彈力的枕頭。

順便說一下，我還感受到溫柔撫摸我頭部的觸感。

是腿枕。當我察覺到這點時，我裝作自己還在睡昏頭。

「唔～唔喵唔喵，我已經吃不下啦。」

假裝睡昏頭翻了個身，同時把臉埋進位在大腿內側的三角形區域。

在那裡重重地深呼吸，來回撫摸屁股。

「呀啊！」

奇怪？這屁股的形狀不是希露菲吧。希露菲應該更小，更纖細，脂肪少到讓人覺得甚至能拿在手上才是。

味道也和洛琪希的不同。我一聞到洛琪希的味道就會湧起一股安心感，但是這個味道有些許汗臭味，聞了之後感覺會從腦袋後方傳來危險訊號。

但是並不討厭，而且總覺得很令人懷念……

我有眉目了。

我緩緩張開眼睛回頭往做出腿枕服務的本人望去，發現在兩座山的另一頭，正有銳利的目光怒視著這裡。

是艾莉絲。

她一把抓住了我的腦袋。

要被捏爆了！希露菲、洛琪希，請原諒我先走一步——

然而在下一瞬間，我的頭卻被有些用力卻溫柔的手勢撫摸。

我蜷縮成一團並望向艾莉絲。

她翹起嘴巴，面紅耳赤地轉向一旁，但卻沒有生氣。

「那個，艾莉絲……小姐？」

「叫艾莉絲就可以了啦。」

「艾莉絲……那個，對不起。」

才剛道歉，我的頭就被用力抓住。啊啊！請原諒我先走一步！

「……沒關係……因為，我也有錯吧？」

「嗯。算是……啦。」

「我看過信了。魯迪烏斯也很難受對吧。」

我維持腦袋被牢牢固定的姿勢，對艾莉絲說的話點頭認同。

我並沒有成熟到能說「妳沒有任何錯」。

當時，我們錯過了彼此。當時，我受到傷害，如今是艾莉絲為此受傷。
「噯，魯迪烏斯。」
「什麼事？」
「……」
艾莉絲緘口不言。像是在表示不知道該如何開口才好。
我們必須要對話才行。儘管心裡這樣想著，卻沒辦法把話說出。對我而言，對艾莉絲而言，五年的時間或許太過漫長了。
「魯迪烏斯，那個……你愛著那兩個人嗎？」
「嗯，我愛著她們。」
我如此斷言，艾莉絲的手開始出力。
「比我……還要喜歡對吧？」
「……嗯。」
我這樣說完，艾莉絲露出了悲傷的表情。
糟糕，我應該要挑選措辭才對。不能做比較。
我也喜歡艾莉絲。已經重新迷上她了。
「你已經……討厭我了嗎？」
「沒有那種事。只是……我們分開的時間有點太久了，該說是不知道該怎麼面對妳才好

嗎？怎麼說呢……」

「我現在也依舊喜歡魯迪烏斯。我想被魯迪烏斯愛著。」

艾莉絲滿臉通紅。

剛才的該不會是……不對，很明顯就是愛的告白。

我該怎麼回答？答案應該已經決定了才對。但是，在那之前我必須先確認事實才行。

「可是，我已經有兩個妻子了。」

「……」

艾莉絲板著一張臉站起身子。

我從腿枕上滑落，跌到了地板上。

看樣子，這裡好像是客廳。

房間裡面沒有任何人。明明諾倫和希露菲應該都在家裡，卻沒有人在。她們應該是想讓我們兩個人獨處，所以才如此貼心安排。

艾莉絲俯視著趴在地上的我。雙臂環胸，腳張開到與肩同寬，微微抬起下巴。擺出和第一次見面時相同的姿勢俯視著我。

「魯迪烏斯，去外面，我們決鬥！」

「咦！決鬥？」

我一邊拍去身上的灰塵一邊慌張地反問。

「沒錯！我們決鬥，要是你贏了的話，我就離開這裡！然後，要是我贏了……」

艾莉絲用力指著我這樣宣言：

「要是我贏了，你也要愛我！」

感覺事情變得莫名其妙。我腦袋這樣想著並點頭答應。

第十一話「艾莉絲・格雷拉特 後篇」

現在，我正和艾莉絲對峙。

場所是魔法都市夏利亞的城外，走出城牆不遠的地方。

雖然沒有觀眾，但基列奴就站在附近。是艾莉絲在走出城外的途中叫她過來的。

既然會叫人擔任裁判，意思是她不打算殺我吧。

「……」

艾莉絲不發一語。手握真劍注視著我。不對，她的手有些微顫抖。是興奮發抖嗎？

我該怎麼辦才好？應該要認真應戰嗎？

老實說輸了也沒關係。輸了的話更好。

我喜歡艾莉絲。剛才雖然嘴上說更喜歡希露菲和洛琪希，但我沒有辦法分出優劣。希露菲是希露菲，洛琪希是洛琪希，艾莉絲是艾莉絲，各有各的喜歡的地方。儘管優柔寡斷，但我就是這樣的廢柴男。花心、性欲過剩，也有一部分覺得能和變成姣好身材的艾莉絲相好，是令人垂涎三尺的發展。

既然她願意愛我，那我就應該全力去愛她。這已經不算是花心也不算是外遇。是愛。是自然的道理。想要得到充滿魅力的女性，是自然的哲理。

米里斯教徒，要來找碴就儘管來吧。

像這樣想通了是很好，但是艾莉絲會認同故意打輸的這種行為嗎？

她會不會覺得這是一種屈辱呢？

她會不會討厭這樣的對象呢？

艾莉絲為了保護我，為了得到足以和奧爾斯帝德對抗的力量而一路修行至今。

所以，我是不是必須在這個場合讓艾莉絲見識我的實力呢？

是不是必須證明給她看我也付出了相同努力呢？

……實際上，我並沒有像艾莉絲那麼努力，但即使如此我也必須這麼做。

我要全力應戰，和艾莉絲戰得平分秋色，在這個前提下，不管是輸是贏，到時候再鄭重請她成為我的妻子。我要贏。

「妳是我的人。別囉哩囉嗦的，來我家吧」。

好，就這麼辦。

被破壞的魔導鎧放置在森林，成為劍王的艾莉絲在接近戰和奧爾斯帝德戰得有聲有色。在看得見這種對手的距離下開始戰鬥，老實說不太可能贏，不過……

要是贏不了的話也行啦。

「魯迪烏斯。」

當我心意已決，基列奴向我搭話。

「什麼事呢？」

雖然許久沒見到基列奴，但她並沒有什麼變化。

頂多只會覺得「她也是上了年紀的歐巴桑了啊」這樣。我重逢時有打過招呼，也說過話了，不過並沒有針對現狀進行商量。畢竟我們交情也沒好到會促膝長談，沒有不協調的感覺。

「艾莉絲大小姐和以前沒什麼改變。用態度去接納她吧。」

基列奴用和一如往常的口吻這樣說道。

不過她話語中的細微差異，讓我不經意地有了不協調感。

我自問，接下來要做的事情真的是正確的嗎？

我望向艾莉絲。她擺出一如往常的姿勢，等待我做好準備。

環起雙臂，打開雙腳，抬起下巴，姿勢一如往常，但是她的樣子和我記憶中的艾莉絲有很大的差別。個子長高了，胸部變大了，籠罩著猶如肉食野獸那樣俐落且凶殘的氣息。

從那之後過了五年。我……變了。艾莉絲是否也變了呢？

基列奴說她沒有任何改變。

五年前，在那之前，我是怎麼樣面對艾莉絲來著？

面對任性的艾莉絲，我該……怎麼做才好？

「那麼，開始！」

聽到基列奴一聲令下，我手持魔杖，但沒有擺出架式。

艾莉絲也同樣環著手臂，動也不動。

過了一會兒，艾莉絲緩緩行動了。她拔出腰間的劍，無力地垂下，直接往這邊走了過來。

有著透明刀身的那把劍，據說是名為七劍的名劍之一，劍神所賜的寶劍。

艾莉絲走到我的面前。用銳利的眼神瞪視著我。

「……」

「……」

艾莉絲在我眼前將劍高舉，就這樣靜止不動。

「什麼啦，你不打嗎？」

「艾莉絲。我……要是妳輸了的話就會離開，那算我輸就行了。」

艾莉絲緊抿嘴角。

「……」

「而且……剛才沒來得及說出手，那個，我也……喜歡妳啊。」

我還以為艾莉絲的頭髮倒豎起來了。

她生氣了嗎？難道認真戰鬥才是正確答案嗎？

當我心裡這樣想時，艾莉絲把劍揮下。

「……！」

我反射性地閉上眼睛讓身體僵住不動，結果是劍柄叩的一聲敲了我的頭。

那是輕輕地戳了一下的暴力行為。

我睜開眼睛，艾莉絲的臉近在眼前。

「我……不像希露菲那麼會煮菜。」

「我知道。」

「不像洛琪希腦袋那麼聰明。」

「我知道。」

「不像她們兩人那麼可愛。」

「艾莉絲可是個帥氣的美女，這沒關係啦。」

「……像我現在這樣的身體，和魯迪烏斯的興趣不一樣對吧？」

「不，沒有那種事，妳的身體很有魅力。」

艾莉絲把劍收回劍鞘。

她小心翼翼地用手環抱我的腰。

豐滿的胸部壓了上來，她使勁地抱緊我的身體。

有些許汗臭，但卻是毫無掩飾的香氣，這是一如往常的艾莉絲的味道。

我也主動將雙手繞到她的背後。她的肌肉鍛鍊得比以前更加結實，但卻不到渾身肌肉。這樣剛好，感覺很舒服。

「算我贏了，可以吧？」

「嗯。」

「要是……魯迪烏斯認真拒絕我的話……我會，好好，放棄的喔。」

她的聲音在顫抖。

要是我認真戰鬥，說不定她就打算故意輸給我吧。

「不用放棄。」

「那……我可以成為魯迪烏斯的家人嗎？」

「嗯。和希露菲以及洛琪希一起，如果艾莉絲願意的話……」

為了把這句好好說出口，我吸了一口氣。

說不定會讓她覺得很老套，但是……

「請妳跟我結婚。」

說完這句話後，艾莉絲瞪大雙眼，睫毛都在顫抖，嘴巴微微張開。

可是，她馬上又收斂表情，像是鬧脾氣似的別過頭去這樣說道：

「哼……哼！真拿你沒辦法……我就……和你結婚吧！」

於是，艾莉絲和我結婚了。

★ ★ ★

當天晚上吃飯時，我宣布娶艾莉絲為妻這件事。

和洛琪希那時不同，由於事前已經過充分商量，沒有任何人抱怨。

原本我以為像諾倫就算不會反對，應該也會說句刺耳的話，不過她並沒有這麼做。

說不定，她已經對我會和複數女性結婚這件事放棄了。

洛琪希和希露菲也祝福了我們。

「艾莉絲，我們三人一起加油吧。」

「規則什麼的，就之後再慢慢決定吧。」

與那樣的兩人相較之下，艾莉絲顯得生硬又緊張。

「那……那就叨煩妳們了……」

措辭也很奇怪。艾莉絲會緊張實在少見，但可以感到她在以自己的方式想要打好關係，希望她們接納自己。

可能的話，我希望她們三人不要吵架，可以好好相處。

算了，這種話不該由我來說。

她們三人為了更加親近彼此，一起進了浴室。

這既能毫無保留地好好交流，同時似乎也是為了向她說明入浴的方法。

雖然我也想跟去，拜託她們幫我前搓搓後揉揉的，但今天還是先忍下了。

結果留下來的是我、莉莉雅、兩個妹妹以及塞妮絲……

還有基列奴。

「……」

在艾莉絲離開後，塞妮絲就開始不斷敲打我的頭。

儘管莉莉雅說「夫人，就到此為止吧……」，但絲毫沒有停下的跡象。

塞妮絲曾是米里斯教徒。兩個人還好說，但如今增加到第三個人，她或許再也無法原諒兒子如此不貞。

「好痛，好痛，母親。對不起，我不會再這麼做了。」

當我這樣說出口後，塞妮絲收起拳頭，回到了自己的座位。

在露出輕蔑視線的兩個妹妹旁邊坐下。

「我說哥哥啊～你在洛琪希姊姊那時也是這麼說的呢。想必這次也是嘴上說說，過了一陣子又會帶別的女性回來了吧～換洗衣物要增加了～真累人啊～」

愛夏的話聽來好刺耳。

看來把艾莉絲迎娶進家門一事，確實導致我的股價在妹妹心中下跌。

不過呢，我就認了吧。愛夏雖然嘴上這樣說，但語氣平板，感覺像是在捉弄我。

「哥哥。」

此時，另外一個妹妹開口了。

這邊不會調侃我，而是會認真說教。得好好聽她說才行。

「是，怎麼了嗎，諾倫小姐？」

「那個……我畢竟是米里斯教徒，對哥哥所做的事情感到很不愉快。」

「是。」

「可是，我非常能夠理解艾莉絲小姐喜歡哥哥的心情，所以這次我什麼也不會說。哥哥，雖然你或許不太喜歡艾莉絲小姐，但請你好好愛著她。我說完了。」

「是，我會全心全意好好努力。」

諾倫好像很中意艾莉絲。

畢竟艾莉絲白天之所以會教導諾倫劍術，據說也是因為諾倫主動接近，總覺得這幾年的歷練，讓諾倫變得相當懂得交際手段。

想必是學生會的影響吧，這是好現象。

「魯迪烏斯少爺。」

莉莉雅喃喃說了一句。

「是，怎麼了嗎，莉莉雅小姐？」

「由於您迎娶了艾莉絲大人，這間房子也變得更加擁擠。所以我打算和塞妮絲夫人在這附近租間房子，住在那——」

「不行。」

我駁回莉莉雅的提案。

「請讓我照顧妳們兩位。話雖如此，其實都是莉莉雅小姐在照顧我。」

「不，沒那回事……不過，既然魯迪烏斯少爺都這麼說了，我會聽命行事。」

娶了妻子就把兩名母親趕出家門，要是我做了這種事，泉下有知的保羅很有可能會變成惡靈。畢竟照顧年邁的雙親是孩子的職責。

確實，因為艾莉絲來了而沒有客房……算了，不用在意。區區房間，要是有什麼萬一再想辦法就是。

「魯迪烏斯。」

最後，基列奴向我搭話。

「基列奴小姐。」

「叫基列奴就好。」

她也大約四十歲左右了吧，然而她的肌肉沒有絲毫衰退。想必是因為她有好好鍛鍊。

「我可以放心把艾莉絲大小姐交給你吧？」

「……是。我可以對神發誓。」

「這樣啊。」

基列奴微微一笑。

「你也成長了啊。和當初決心要和塞妮絲結婚的保羅有相同的眼神。」

這應該要感到高興嗎？可以吧？嗯，我就高興吧。

這樣啊，和那個保羅有同樣的眼神，真令人開心，我也成長了啊……

咦？可是基列奴認識的保羅是以前的保羅吧。

……真的該感到高興嗎？

「基列奴，妳今後打算怎麼辦？要住在這附近嗎？」

「不，既然已經把艾莉絲大小姐託付給你，我的工作就結束了。我打算回阿斯拉王國。」

「說到阿斯拉王國，是打算去菲托亞領地幫忙重建嗎？」

聽到我這樣詢問，基列奴露出了銳利的眼神。

「不，我打算找出陷害紹羅斯大人的傢伙，砍了他。」

現場的氣氛瞬間凝結了。

實在是個很駭人聽聞的答案。但是，我也自然而然地理解基列奴的想法。

她一直以來都照顧著艾莉絲。在把她託付給我後，自己的工作也到此告一段落。

剩下的就只有報答恩情。

「……找出來，意思是妳還不知道是誰對吧？我想紹羅斯爺爺八成是基於政治考量才被殺的，敵人應該不只一人。」

「只要把和伯雷亞斯敵對的人全都砍死就好。」

太武斷了。是很有基列奴的風格……好啦，該怎麼阻止她呢？要是不設法阻止，她勢必會單槍匹馬殺進阿斯拉王國，到頭來反而遭到對方打倒。

不，感覺就算說什麼都無法阻止她。畢竟她可是那個基列奴。

既然如此就反向思考，不如從旁設法提供支援，讓她可以更順利地行動。

……思考到這裡，我想起了日記的內容。

愛麗兒遭到反擊的那次政變。當時水神和北帝似乎也參與其中。

「基列奴。根據某個情報來源，我聽說水神和北帝將被阿斯拉王國僱用。」

「是他們啊。」

「妳認識嗎？」

「嗯，艾莉絲大小姐應該也跟他們很熟。那又怎麼了？」

「妳也有可能會與他們為敵。若果真如此，哪怕是基列奴也會沒命的，對吧？」

「確實，我一個人的話贏不了他們。」

基列奴點頭同意，並注視我的眼睛。

眼神就像是在示意我繼續說下去。

「……我認識一個人，她曾身處在紹羅斯爺爺身亡的那起騷動漩渦之中。她從前或許曾與伯雷亞斯為敵，說不定是基列奴的敵人。但是只要和她聯手，就有可能以正當理由斬殺妳該斬殺的對象。」

「是誰？」

「愛麗兒．阿涅摩伊．阿斯拉公主。」

基列奴的耳朵微微一顫。啊啊，真令人懷念。以前上課時每當遇到不懂的問題，基列奴總是會做出這種反應。

總之，不知道的話反而正合我意。

「是阿斯拉王國的公主殿下。」

「哦？」

可是，把基列奴引薦給愛麗兒認識真的好嗎？

愛麗兒今後將會在阿斯拉王國引發魯莽的政變。讓基列奴介入其中真的好嗎？

不，未來會改變。看了那本日記之後，我也多少能對她提出一些建議才是。

應該可以把魯莽的政變轉化為不魯莽的政變。

如果是由於人神操縱路克才引發政變的話，如今我成了奧爾斯帝德的部下，說不定會因此產生某種變化。

在這種狀況下，如果能看到愛麗兒出現勝算的畫面，還是有基列奴這樣的戰力比較妥當。

雖說我也打算幫忙，但事情演變成這樣，還是得先去請示奧爾斯帝德才行。

「請妳先去見她一面聊聊吧。」

「既然你都這麼說了，好吧。」

基列奴不假思索地點了點頭。看來她暫時會控制自己，避免做出不經大腦的行動。

「哇～……」

回頭望去，愛夏和諾倫正目瞪口呆地看著我。

「怎樣啦？」

「沒有啦，我只是想說原來哥哥真的是劍王大人的老師耶──」

「怎麼，妳懷疑我嗎？」

「也不是懷疑啦……只是覺得劍王大人居然會那麼老實聽話。」

我和基列奴面面相覷。我們剛才的對話有哪裡奇怪嗎？

「那個……哥哥。在學校有個想成為冒險者的前輩。那個人最近才在說『有兩名劍王來到這城鎮了，超可怕的』這種話喔。只要是鎮上的冒險者，每個人都會自認遜色的厲害人物，但是哥哥卻……一想到這點，該怎麼說呢，就有種『哇～』的感覺。」

聽到諾倫這番話，讓基列奴不經意地笑了。

「魯迪烏斯可比我來得更厲害喔。畢竟，連那個龍神都認可他的實力啊。」

「哦～」

諾倫感到佩服。這樣一來，我這作哥哥的股價也會稍微上漲了吧。

雖說就算上漲應該也只有上半身的股價，下半身股價還在持續下跌。

不管怎麼說，拜基列奴所賜，我算是保住了面子。

太好了太好了。

當天晚上。

在基列奴回去之後，希露菲、洛琪希以及艾莉絲三個女孩依舊在交談。

那三個人到底在聊些什麼啊？

儘管我興致盎然，但女子會是屬於女生的世界，因此我就不參加了。

看起來氣氛融洽，艾莉絲也一本正經地在聽，應該沒問題吧。

和以前的艾莉絲簡直判若兩人。

我在研究室看諾倫用功，在她睡著後寫了日記。

今天是個值得紀念的日子。儘管想到今後的生活與奧爾斯帝德的事情，還是會有些許不安，但是，我已經克服驚濤駭浪，就切換一下心情吧。

當我離開研究室時，家中已是一片寂靜。女子會似乎也結束了。

今天她們是不是會在哪間房間一起睡呢？

還是說，三個人都在寢室等我……不可能吧。
不過話又說回來，像這樣安靜，反而會有股莫名的不安油然而生。
我記得來自未來的我出現的那天，也是像這樣寂靜的夜晚。
該不會又要發生什麼事情了吧？
像是有個全身打著馬賽克的傢伙突然從走廊的陰影處跳出來之類的。
不，應該不會吧……
我移動到寢室面前，但裡面似乎沒有點燈。換句話說，我得一個人睡嗎？我這樣思考，就在想要打開寢室的門那一瞬間，門從內側打開，我被一股強大的力量拖進裡面。
「嗚哇！」
我反射性地把手舉向對手注入魔力。但手掌卻被抓住，整個身體都被壓在門上。
不妙！當我這麼以為，這時才發現對方的真實身分。
「……呃，是艾莉絲啊。」
是艾莉絲。她穿著輕便的睡衣並抓住我的手臂。
「嗳……嗳，魯迪烏斯……」
她的眼睛莫名充血。
顏色紅潤，呼吸也莫名急促。表情一臉憤怒。
是發生了什麼不如意的事情嗎？我得謹言慎行。

「我……我們，已經，是夫妻了吧？」

「……呃……嗯。啊，是不是舉辦婚禮儀式比較好啊？把人叫過來熱鬧一下？」

「我不需要那種東西，因為我根本不記得怎麼跳舞了……比起那個，嗳，既然是夫妻，可以對吧？」

可以什麼啊？

我才剛這樣想，肩膀就被一把摟住吻了下去。牙齒整個撞在一起，疼痛感湧上。

雖然我想要往後退開，但是被門阻擋。艾莉絲強硬地把自己的臉貼了過來。

「噗哈……」

艾莉絲摟著我的腰，連拖帶拉地開始移動。回過神來，我已經被帶到床邊了。

這是怎樣？怎麼回事？咦？接下來要做嗎？咦？

「那個……艾莉絲，那個……這種事情，就是啊，應該要好好地，按照順序，要和希露菲她們先商量過……」

「已經說好了。她們說今天可以輪到我。」

「洛琪希沒說什麼嗎？像是懷孕中希望我們克制一點之類。」

「她說沒有關係呢。」

不知不覺間，我已經被推倒在床上。艾莉絲的力氣很大，我實在不認為自己有辦法脫身。

「嗳，魯迪烏斯，我想生個男孩子。」

艾莉絲的呼吸急促。這不是在生氣。她的表情充滿情慾。

我好像被她猛烈渴求。

不，我很開心。被如此渴求自然會很開心。

因為兩人緊緊貼著，我的那個也變得很那個了，身體是誠實的。

不過這不是反了嗎？男女立場反了吧？

「魯迪烏斯，我喜歡你。所以，可以吧？」

「呃……嗯。是可以啦。但妳先冷靜點，我們先營造一下氣氛。兩個人一起喝點酒，好好暢談這五年來發生的種種，等到心情愉悅起來，再交纏在一起對彼此說聲Je t'aime（我愛你）……」

「那種事根本無所謂！因為，我一直都想要這樣！」

艾莉絲邊說著邊壓到了我的身上。

她以雙腳牢牢夾住我的雙腳，同時用雙手壓著讓我動彈不得，再把鼻子貼在我的胸口附近，使勁地聞了起來。

簡直就像條狗。我應該不臭吧？

「呼……呼……魯迪烏斯。既然已經結婚了，你就是屬於我的了吧？」

「咦？不，不只是艾莉絲一個人的，我希望妳們三人不要起爭執和睦平分，這樣我會很感激的……」

「今天輪到我，所以是我的對吧？」

艾莉絲似乎無論如何都想把我當成自己的所有物。

「…………嗯，沒錯。」

艾莉絲瞬間加強雙手的力道。

好痛好痛，手腕快斷了，這樣又得麻煩別人幫人家施加治癒魔術了啦。

「那……那麼，不管我對你做什麼都可以對吧……！」

妳打算做什麼啊？我會被怎麼樣對待？

毫無疑問是色色的事情沒錯。我會討厭嗎？No，我不討厭。

那麼答案就是 Yes！

「可……可以啊？」

在下一個瞬間，艾莉絲化身為野獸。

★ ★ ★

隔天，麻雀吱吱喳喳的聲音叫醒了我。

我立刻尋找艾莉絲。馬上就找到了。她就在眼前。

艾莉絲端莊的睡臉就在我的眼前。

「呼。」

安心地吐了一口氣後，我想起昨晚的事。

昨晚被她徹底享受了一番，以技術來說應該是我更勝一籌。

直到中途都還是我贏，為了不輸給艾莉絲，我也是很努力的。

但是，到了後半就遭到逆轉。是體力的差距吧。第一次的時候也是如此，艾莉絲的體力實在深不見底。

該怎麼說呢，我就是贏不了艾莉絲啊……

就在我筋疲力盡的時候，被她為所欲為地蹂躪。

對不起親愛的，人家……變成這個人的形狀了……像這種感覺。

我已經嫁不出去了。

不過，總覺得睡得香甜的艾莉絲看起來格外惹人憐愛。昨晚明明那麼激烈，現在卻睡得如此安祥。讓人看了不禁嘴角上揚。

希露菲平常也是以這種心情觀察我的睡臉嗎？

「……不過話又說回來……」

現在，我正躺在她的臂枕上。

平常的話是我提供手臂讓別人枕著，所以這樣感覺莫名新鮮。艾莉絲的臂枕雖然纖細卻很強壯，總覺得非常讓人安心。

話說回來，已經五年了啊。

艾莉絲也成長了不少，但是到底長了多少肌肉呢？昨天實在太暗了看不太清楚。但我記得身體曲線十分誘人。

我蠕動身體，摸了一下艾莉絲的腹部。

「哦哦，真不得了……」

表面並沒有什麼隆起，反而有不少脂肪。

可是，在脂肪另一側就是壓縮過的肌肉。只要用力按一下，就可以感覺得出層層分明。

我的腹肌也是六塊肌，但艾莉絲的感覺好厲害，真好。

儘管肌肉非常飽滿卻不顯胖。而且還有小蠻腰。肯定是把腹外斜肌、腹內斜肌以及腸腰肌這些肌肉以有如神助的平衡鍛鍊的成果吧。

不過話又說回來，女人的肌肉為什麼會如此有魅力啊？讓人想要一直摸下去。

不過，我想摸的不是腹肌。

我把手往上，朝著就算蓋著毛毯也十分醒目的兩座大山移動。

昨天我的手大半時間都被抓著，所以沒怎麼摸到……

既然我們是夫妻，應該可以吧？

「呼喔……」

好讚！有地基！是大胸肌！

這也非常緊實，是很棒的肌肉。太出色了。

那麼，放在那個盤子上的就是甜點。在堅硬與柔軟之間掌握平衡，果然是人生最重要的課題。好啦，我要來摸嘍。

哦，這真的發育得很好啊。

就像是哈密瓜一樣。是希露菲和洛琪希沒有的東西。雖然她們倆的也不錯，但是大的東西果然有不同的魅力。居然能讓我隨時都能摸到這個，我必須要感謝神明才對。謝謝妳們，洛琪希、希露菲。

我成功了。

艾莉絲山脈，登頂成功。迎來了全人類的黎明。

「呵呵呵。」

此時，我的腦海出現了白髮老人。

是仙人！胸部仙人！好久不見！請看，這出色果實！大地的恩惠！

「呵呵呵，我已經沒有什麼可以教你的了……持續精進吧。」

啊！仙人！您欲往何方啊，仙人！求教，請您繼續指點迷津啊！

「……」

「啊。」

我一個人正在自嗨，突然和艾莉絲四目相接。

她不知是何時清醒的，眼神正看著這邊。我擅自揉她胸部，應該會挨揍吧。

當我這樣想，就被艾莉絲抓住手掌，她果然生氣了。

「我們談談吧，比起互毆，不如讓我們好好談談吧甜心。來說些枕邊蜜語吧。話說起來，以前我們曾一起做過仰臥起坐呢。雖說當時我禁不起好奇心驅使碰了妳的腹肌……」

「……」

艾莉絲沒有鬆開我的手。

不僅如此，她還將身體扭了過來，像是要纏繞上來似的壓在我身上。

她的眼神寫著情慾二字。原來她不是在生氣啊。是因為我一大清早就揉了她的胸部，點燃了她的慾火嗎？也對啦，換作是我，一大清早就被做色色的事，肯定也會有那個意思嘛。

雖說男人和女人不同……但艾莉絲算是例外嗎？

好，我懂了，放馬過來吧。

我要讓艾莉絲見識一下，對付妳根本不算什麼！

「要……要溫柔點喔，因為還一大清早的，昨天也做那麼多……呀！」

我發出像少女般的叫聲，同時遭到第二次的蹂躪。

下午起床時，已經不見艾莉絲的身影。

空蕩蕩的床，我的旁邊已經是冰冰冷冷。然而，我卻不覺得失落。有的只是虛脫感和滿足感。

我朝直打哆嗦的腰搥了幾下，從床上起身移動到窗邊。

太陽的顏色莫名地黃。我的臉肯定也是黃色，這點毫無疑問。

艾莉絲人在窗外。露出不檢點的表情地笑著，同時心情大好地揮著劍。

做了那麼多次居然還能動啊？體力根本就是怪物級別。

不過……真讚啊。因為希露菲和洛琪希的體力比不上我，總是會先筋疲力盡，我還是第一次像這樣被榨取到極限。

如果要比喻希露菲是被動型，洛琪希是技術型的話，艾莉絲就是攻擊型吧。

感覺就像德川、豐臣以及織田那樣。

艾莉絲能順利取得劍王的稱號，都要歸功於我被奧爾斯帝德打敗。

開玩笑的啦，太得意忘形的話可是會被砍頭的。

也不能每次都麻煩我們家秀吉公啊。

如果還有下次，我還是想在男歡女愛之後好好享受一下枕邊蜜語。真心想要和艾莉絲在醒來之後沉浸在虛脫感之中說些什麼……聊聊這五年來的事情，尤其是她一直以來都做了什麼，有了什麼樣的相遇。諸如此類的事情。

我一邊這樣想著，同時前往浴室清洗。讓身體清爽之後，我來到了地下室，朝著祭壇開始祈禱。

真想在這裡再放另外一個聖物。

因為是智慧之神、慈愛之神以及戰鬥之神……果然還是放木刀吧。
我邊在腦海裡這樣思考邊走到客廳，正在打掃的愛夏突然奮力跳了過來。
「啊，哥哥，早安！有寄給你的信喔。上面沒寫寄件人的名字，但有印著家紋，是認識的人嗎？」
收下信後，我的動作停住了。
上面畫著我十分熟悉的徽章。
龍神的徽章——這封信是奧爾斯帝德寄的。

第十二話「傳喚」

「魯迪烏斯．格雷拉特。
你後來身體狀況如何？魔力恢復了嗎？
我想跟你商量今後的事情。我目前位在夏利亞郊外，在你們使用過的小屋等你。
基於我個人因素，希望你能一個人前來。
奧爾斯帝德。」
讀完這封信後，我麻煩愛夏幫我準備飯菜。

確實飽餐一頓後，我回到自己房間替換穿著。盡可能地挑選不錯的衣服，並麻煩愛夏幫我看看是否有奇怪的地方，再三確認。

然後，我拿著傲慢水龍王和未來的日記離開家裡。

出門之前，我向在跟寶寶魔木嬉戲的塞妮絲打了聲招呼。

「母親，我要出門了。」

塞妮絲像是在表示慢走似的跟我揮了揮手。寶寶也在旁邊緩緩搖晃著枝葉。

我沒有知會希露菲她們。因為要是說了，她們肯定會跟過來。

信上寫著希望我一個人赴約，那麼我就一個人去吧。畢竟這次並不是去戰鬥。

如果問我奧爾斯帝德是否足以信任，這部分很難定奪。

然而，這封信上傳達出一種在為我著想的氣息。

七星在情感方面，似乎也希望避免和奧爾斯帝德戰鬥，以我個人而言，同樣認為他是比人神還要值得信任的對象。我是如此希望。

「但是好緊張啊。」

我一邊這樣自言自語，一邊走在夏利亞的道路上。

在路上看到積水，再三確認自己的模樣有沒有奇怪的地方。

我已經決定要歸順在奧爾斯帝德麾下。換句話說，奧爾斯帝德是我的老闆。以失禮打扮去見老闆並不妥當。

「是不是該噴個香水比較好？」

我是有用熱水清洗身體，但說不定還殘留著和艾莉絲享受魚水之歡後的餘香。要是被叫去社長室的社員身上散發色色的氣味，社長會怎麼想？或許是不會被突然炒魷魚，但肯定不會認為這是好事。可以的話我想給他留下良好的印象。

奧爾斯帝德。他是會與人神戰鬥，並可能擁有勝算的人物。他將會在我後代的協助之下殺死人神。

雖然很同情人神……但先背叛的人是對方。

他是會對洛琪希及希露菲伸出毒手的傢伙，不能同情他。

我要向奧爾斯帝德搖尾乞憐。像電風扇那樣搖著尾巴，對人神展示我的敵意。

我一定要徹底保護家人。

「好。」

重新下定決心之後，我前往郊外。

同時注意不要被馬車濺起的泥水潑到。

在郊外的小屋，飄盪著一股詭異的氣氛。

一言難以道盡，但總之就是有哪裡不太對勁。若是以漫畫來形容的話，想必會在旁邊冒出霧霾濃厚的狀聲詞，同時還會從小屋周邊散出扭曲狀的效果線。

一眼就能明白，得出「噢，奧爾斯帝德在裡面」的結論。
「嘶──呼……」
我深呼吸一口氣，然後敲了門。
「魯迪烏斯．格雷拉特！前來報到！」
「哦……挺快的嘛。」
我明明知道他在，聽到回應時還是不免身子一顫。
看來，我果然還是對奧爾斯帝德殘留著恐懼。
「請問我可以進去嗎！」
「為何要請求我的許可？這裡是你所有的小屋吧？」
「是！失禮了！」
我開門進入裡面，奧爾斯帝德就在那裡。
他坐在裡面的一張椅子上怒瞪著我。
不，並沒有怒瞪。他不過是在看著我，只是表情很可怕而已。
我把門帶上，盡可能以俐落的動作移動到奧爾斯帝德面前。
我面向椅子旁邊，擺出立正站好的姿勢。然而奧爾斯帝德卻以疑惑的表情瞪著我。
「我原本以為你會帶一群同伴過來……只有兩人啊。」
「是，我一個人來……咦？兩個人？」

聽到出乎意料的話語，讓我懷疑自己的耳朵。

除非奧爾斯帝德有老花眼，把我看成雙重影像，不然我應該是一個人來啊。

「艾莉絲．格雷拉特！進來吧！」

奧爾斯帝德這樣叫道，門便發出砰的一聲氣勢洶洶地打開。

是艾莉絲。她提著一把出鞘的劍，同時還釋放著殺氣。

「奧爾斯帝德！如果你敢對魯迪烏斯出手，我就砍了你！」

艾莉絲用劍指著奧爾斯帝德並如此宣言。

氣勢驚人到甚至讓我差點漏尿。然而奧爾斯帝德卻對這股殺氣坦然以對。

「我沒那個打算。」

「你沒辦法信任！」

「也是。」

艾莉絲只說完這句，就在小屋的角落取了個位置環臂站著。

我因為艾莉絲的登場僵在一旁，來回看著奧爾斯帝德和艾莉絲。

果然還是該解釋嗎？應該重申我沒有帶艾莉絲來。是一個人來的。我沒有敵意。

可是，要怎麼說明艾莉絲帶著劍出現才好？

怎麼辦？我該怎麼辦才好？

「怎麼了？魯迪烏斯．格雷拉特。坐吧。我要談正事了。」

當我正在不知所措時，奧爾斯帝德催促我坐下。

「啊，是。失禮了。」

我依言在椅子上就座，但還是很在意艾莉絲。在意那個手上佩劍寒光四射的艾莉絲。

「那個，艾莉絲她……」

「看你的態度就明白了。你被她跟蹤了對吧？」

「啊，是。就是那種感覺……那個，在說正事之前，我可以先跟艾莉絲說幾句話嗎？」

「無妨。」

他好像沒有生氣。我維持坐姿轉向艾莉絲，招手示意她過來。

「什麼啦？」

「艾莉絲，妳怎麼會在這裡？」

「因為魯迪烏斯在盛裝打扮，我只是很在意你要去哪裡而已。」

盛裝打扮。噢，我的確是有選不錯的衣服，還有注意髮型之類。

從旁人的視角看來，看起來或許很像是在盛裝打扮。

「我現在隸屬在奧爾斯帝德麾下，妳應該理解吧？」

「……是可以理解，但不知道這傢伙到底在盤算什麼。說不定魯迪烏斯被他騙了。」

「或許吧。可是要這樣判斷還為時過早。可以的話，妳能夠不要打擾，安靜待在旁邊嗎？」

「……」

「如果發現我其實被他騙了，到時再兩人一起戰鬥吧，艾莉絲。我很仰賴妳喔。」

「唔！我知道啦！」

艾莉絲應該是接受了吧，她收起劍後在我旁邊坐下。

真是單純……好啦。

「失禮了。」

「無妨。」

「艾莉絲似乎還信不過奧爾斯帝德大人……不過，既然是詛咒這也沒辦法呢。」

說完這句話後，我感覺奧爾斯帝德的眼神一亮。

「關於我的詛咒，你是從哪聽說的？」

「是從人神那裡。他說奧爾斯帝德大人的身體遭到幾個詛咒侵蝕。」

我據實以報。我已經準備好要把我從人神那聽到什麼，知道了什麼，把一切全盤托出。

「這樣啊……」

奧爾斯帝德用手抵著下巴，望向稍微上方的位置。

他的視線前方什麼都沒有……是思考的姿勢嗎？

「總之，先履行約定吧。」

「咦？」

「為什麼露出不可思議的表情？我和人神不同，會遵守約定。」

不是那個意思，是說我們有做過什麼約定嗎？
「就是從人神手中保護你家人的方法。」
噢，這樣啊。說得也對，我怎麼會忘了呢？不對，我只是不把那當成是一個約定。在我的認知裡面，那應該更像契約。
和惡魔的契約。不過也是，契約也是約定的一種。
「我現在什麼都還沒做，這樣也沒關係嗎？」
「要是你的家人一直處在危險之中，也會讓你總是提心吊膽吧。」
「嗯，是這樣沒錯。」
感覺好像讓他費心了。
是說，他感覺比我想像中還要親切。原本我還以為他會不由分說地對我發號施令。
雖然臉很恐怖，但意外地是個為部下著想的人。甚至讓人無法相信旁邊的艾莉絲會對他如此警戒。
「那麼，請問具體來說要用什麼樣的方法來保護我的家人呢？」
「這並非難事。只要召喚擁有強大命運的守護魔獸，讓牠保護你的家人即可。」
「召喚嗎？可是我還無法使用召喚術。」
「那麼魔法陣就由我來畫吧。魔力由你自己注入。」
「啊，是，麻煩您了。」

擁有強大命運的守護魔獸啊……命運，我記得是指因果律吧。

「真的只要這樣就保護得了嗎？」

「人神無法操縱人類以外的存在。再者，他無法一次操縱那麼多人類。只要我們展開行動，那傢伙應該光是妨礙我們就得煞費苦心。從那傢伙的個性來看，光是這樣就足以預防。」

根據是來自個性啊……不過話又說回來，他無法一次操縱那麼多的人類……言下之意，就是他一次最少還是能操縱兩個人以上嘍？

在操縱我的時候，他還同時操縱著其他傢伙嗎？

「但是不能大意。不知道人神會做出什麼事。不可以光是交給魔獸，最好還是隨時查看狀況。」

從奧爾斯帝德的嘴裡說出「最好還是隨時查看狀況」，總覺得有點不太對勁。他看起來不像是會說這種話的人。雖說我也知道不該光憑印象來評論一個人。

但不管怎麼說，既然他都願意幫我準備，就先接受他的美意吧。

好啦，切入正題。

「那麼，我今後應該怎麼做才好呢？」

儘管想問的事情很多，但還是該由我先以誠相待才是禮貌。要表現出恭順的態度。

「……你沒有什麼事情想問的嗎？」

我是這樣想的，但卻被反問了。

「有很多。」
「為什麼不問？」
「我認為馬上就問東問西並不是很恰當……」
說完這句話後，奧爾斯帝德「唉」地嘆了一聲。
「你成為了我的伙伴，換句話說——」
「是屬下。我們還是分清楚上下關係吧。」
被打得落花流水，還讓他幫忙想保護家人的方法，我的臉皮可沒那麼厚到這樣還敢主張雙方立場對等。
「你如果接受的話那也無妨……總之，我和你都是為了打倒人神而行動。該知道的事情還是先知道比較好。」
「雖然這樣說，但如果我其實是人神的間諜的話你要怎麼辦？說不定我每天晚上都會把奧爾斯帝德大人的情報轉告給人神喔。」
「我相信你。」
他以強而有力的目光說著這句話。
「我信任你拚死也想要守護家人的那股決心。」
被這樣一說，讓人有些難為情耶。當時的我確實很拚命……算了，既然他都這麼說了，我就接受吧。

我有什麼想問的事情來著？應該有幾件吧。

關於人神和奧爾斯帝德之所以對立的原因。關於所謂的拉普拉斯因子。關於轉移事件。關於所謂的命運。

大概就是這些問題吧。

「那麼，請您一項一項告訴我吧。」

所以，首先是奧爾斯帝德和人神對立的原因……應該說他們的關係為何。

不，在那之前應該得先問奧爾斯帝德本身的來歷。

「請告訴我關於奧爾斯帝德大人的事。」

「我自己嗎？」

「是的。麻煩你了。」

「人神是怎麼告訴你的？你好像已經聽過詛咒的事情了。」

「呃……」

畢竟那已經是五年前的事了……回想，快回想起來。

「你身上有四個詛咒。」

「……繼續說。」

「第一，是被這世界的所有生物厭惡或畏懼的詛咒。第二，讓人神無法看見的詛咒。第三，無法使出全力的詛咒。還有一個，他好像是說自己不太清楚。」

「原來如此。」

奧爾斯帝德這樣說完，靜靜地點頭。

「首先是第一個，從我出生那時開始，的確就遭到全世界的所有生物忌諱。」

「……可是，我並沒有那麼討厭啊。」

「有時會有這樣的人存在。像七星也是如此。」

「原來如此。」

意思是會有例外嗎？說不定跟我以及七星原本就不是這個世界的人類有關。這件事應該說出來嗎？還是該默不吭聲？畢竟艾莉絲就在旁邊，這讓我有些猶豫……

可是現在沉默的話，不會有任何收穫。

「其實我並沒有打算打算隱瞞這件事……不過，我原本和七星是處於相同世界的人類。是不是跟這點也有關連呢？」

「……意思是魯迪烏斯．格雷拉特是假名嗎？」

「這部分要說明的話得花上一段時間，我和七星不同，那個……當我注意到時，就以魯迪烏斯．格雷拉特的身分誕生在這個世上了……那個，該怎麼說才好呢。」

「是轉生嗎？」

嚇我一跳。沒想到居然會從奧爾斯帝德的口中說出轉生一詞。

不，我印象中日記上提到龍族也存在著所謂的轉生法。就算死了只要過個幾十年就能復活。轉生對他們來說算是主流的手段吧。

「你之所以不畏懼我，恐怕也和轉生體有關。」

「還有其他不畏懼你的人物嗎？」

「扣除幾名例外，就只剩擁有古代龍族血脈之人。」

像是佩爾基烏斯之類嗎？不對，我記得佩爾基烏斯好像也挺怕他。

……這點跟詛咒無關嗎？畢竟除了詛咒以外，要被人嫌棄厭惡的原因還是很多的。

「第二個詛咒，就是關於人神看不到我的詛咒……其實這並非詛咒。」

「您的意思是？」

我這樣詢問，奧爾斯帝德稍微思考了一下。接著他看著我的眼睛如此回答：

「這是很久以前，初代龍神為了與人神一戰而創造的祕術……會獲得看得見命運的力量，與此同時也會偏離到世界真理之外的法術。」

「噢。」

「人神擁有強力的未來視和遠視的能力。但是，他無法看見脫離這個世界真理的人。」

原來如此。雖說我不知道脫離這個世界真理指的是什麼意思，但能夠從人神的監視下逃脫這點非常具有魅力。

「請問看得見命運的力量，是指什麼樣的存在？」

「這個嘛……」

奧爾斯帝德再度擺出沉思的姿勢。他應該不是現在才在思考答案吧？

「可以得知那個人物將會抵達的大方向的歷史。」

大方向的歷史啊……

「這表示奧爾斯帝德大人也看得見未來嗎？」

「不……我能看見的不是未來，是歷史。是藉由命運所決定的一切。」

嗯～？感覺有點哲學耶。老實說很難理解這跟未來視的差異。

總之先把這個能力想成「比人神弱一階的未來視」吧。

「請問您可以把那個祕術施加在我身上嗎？」

「不，最好別這麼做。」

「……您的意思是？」

人神會看不見自己，這是非常有魅力的優點。

我想得知為什麼奧爾斯帝德不願意幫我施加的理由。

「一旦施加這個祕術就會產生副作用……魔力的恢復速度將會明顯變得遲緩。」

「明顯是指到什麼程度？」

「你大約花了十天從魔力耗盡的狀態恢復，把這段時間想成約千倍就行了。」

千倍。換句話說就是一萬天。約三十年。

「因此，我無法自由使用魔力。『不能隨便以全力應戰』指的就是這個意思。」

原來如此，因為無法恢復魔力，自然無法使出全力。

雖然不清楚奧爾斯帝德的魔力總量到什麼程度，要是花上數年時間也無法完全恢復，自然無法全力應戰。必須節能省電才行。

「因此我無法對你施加祕術，但交給你的手環附加著類似的功效。」

我看了看掛在左手的手環。這似乎有干擾的效果。

「這個沒有副作用嗎？那麼只要量產的話……」

「如果辦得到我早已動手了，還會把施加在我身上的詛咒一起解開。」

嗯，也對。

「我在和你的戰鬥中消耗了大量的魔力。暫時沒辦法認真戰鬥。」

「咦？是真的嗎？但我不是被瞬殺了嗎？」

「我有好幾次正面抵銷你的魔術，甚至還拔出神刀。消耗了相對應的魔力。」

奧爾斯帝德苦澀地這樣說道。

以我的角度來看，以為根本無法招架就被教訓得落花流水，原來我意外善戰。

這表示我也以自己的方式努力了呢。呵呵呵。

「我的魔力所剩無幾。因此，要讓你成為我的手腳去行動。」

「……是。我會努力。」

我消耗的部分就由我來補足。有道理。

「那麼，奧爾斯帝德大人，請問您為什麼要和人神戰鬥呢？」

「這個嘛……啊～……」

奧爾斯帝德似乎有些難以開口，望向了遠方。

他從剛才就經常含糊其詞，擺出沉思的姿勢。莫非他在說謊騙我嗎？不，怎麼可能。不過他也有可能先姑且用表面的謊言讓我行動，藉此查探我的動向……

他雖然信任我，或許也還沒完全信賴吧。

「人神……是我的殺父仇人。」

「哦？」

殺父仇人。未來的我也是因為洛琪希和希露菲被那個的緣故，才會燃起復仇的決心。復仇不能帶來任何結果。雖然是因為目前的我沒有失去任何人才能這麼說啦……

然而實際上，一旦糾結在復仇之上就會化為惡鬼，看了日記就可一目了然。

「而且，打倒人神是古代龍族的夙願。我們龍神全都是為了打倒人神而存在。」

就是為了所謂的大義吧。是說，我們？

「難道龍神不只一個人嗎？」

「我似乎是第一百代。一百名龍神都是為了打倒人神而一路鑽研自己的技術。」

「原來如此。」

「可是，血統稀薄的弱小龍神無法打倒人神。」

奧爾斯帝德用銳利的發亮目光看著我。

「為此，我的父親……初代龍神才會用轉生法把我送到未來。」

奧爾斯帝德直截了當地這樣說道。

第十三話「說明」

稍微整理一下吧。

首先是奧爾斯帝德。

他是透過所謂的轉生法，從太古以前轉生到現代的古代龍族。

身上被施加了詛咒以及祕術。所謂詛咒，就是遭到這個世上所有生物忌諱的詛咒。所謂祕術，是以魔力恢復遲緩為代價，讓自己跳脫到人神的視野之外，並得到粗略的未來視能力。

為什麼他會受到這種詛咒並來到現代呢？

一切的起因是由於初代龍神遭到人神殺害所致。第二代以後的龍神都是為了打倒人神而存在，打倒人神正是龍族的夙願。因此，身為初代龍神之子的奧爾斯帝德才會想打倒人神。

「這樣解釋應該沒問題吧？」

「嗯，就是這樣。幸好你理解能力很強。」

「您大概是在幾年前轉生到現代的呢？」

「這個嘛……應該是距今兩千年前吧。」

兩千年……還真是活了很長一段時間。

總之，邏輯上應該也說得過去，但總覺得有某個部分讓我在意。

唔——是哪個部分讓我在意來著？

比方說，像是不會恢復魔力這點吧。佩爾基烏斯之前曾用過會吸收魔力，類似召喚魔術的招式，奧爾斯帝德應該也會那招。只要透過那個吸收魔力，應該就能解決這方面的問題……不對，能的話他老早就做了。畢竟用那個召喚魔術吸收的魔力不一定能直接儲存到自己體內……

唔——那麼是奧爾斯帝德對人神的異常敵意嗎？

雖說父親遭人殺害作為理由來說相當充分，但是他表現出來的敵意已經到了過剩的地步。

我覺得奧爾斯帝德對自己父親並沒有那麼依戀。

「從我的角度來看，您看起來對人神抱有強烈的恨意，請問這部分有什麼原因嗎？」

「會有人不對那個人渣抱有恨意嗎？」

「……所言甚是。」

畢竟奧爾斯帝德好像也活了很長一段時間，想必他已經不只一次遭到人神擺布。就算看不見他本人，但至少也可以派人傳話嘛。啊，奧爾斯帝德之所以會變成這樣，說不定是因為初代龍神和人神彼此有過不和。

雖說還有事情不太明白，不過關於奧爾斯帝德本人的事情應該問到這裡就好。

無論有什麼樣的理由，只要他有和人神戰鬥的理由即可。敵人的敵人就是同伴。

況且，我還有很多事情想問。

接下來，要問關於拉普拉斯的因子那件事。

「先前戰鬥的時候，您曾提及我持有拉普拉斯的因子，請問那是什麼意思？」

「關於拉普拉斯，你知道多少？」

「他是在四百年前引發戰爭的人物，我知道他曾把人族逼到絕境。還有他雖然有驚人的魔力總量，卻無法纏繞鬥氣。儘管他實力非常強大，卻遭到佩爾基烏斯大人和另外兩名同伴封印……還有曾經陷害過斯佩路德族，大概是這些事吧。」

雖說我還聽過其他許多傳言，但大抵就是這種感覺。

「就這種程度？」

「還有他馬上就會復活之類。」

「那傢伙之所以能夠復活，就是使用了龍族的轉生法。這件事你有聽說嗎？」

「呃。不，我想應該沒聽過……啊，不對，我記得人神好像曾說過這件事……」

記憶實在有些曖昧。不過話說回來，又是轉生法啊。

「你這傢伙……不……你和人神說了什麼，被他鼓吹了什麼，之後再詳細地告訴我。」

「是。」

「現在先談拉普拉斯。」

聽見拉普拉斯這個詞彙，艾莉絲釋放出劍拔弩張的氛圍。

我和艾莉絲都是瑞傑路德的朋友。

拉普拉斯是瑞傑路德的敵人，他的敵人也就是我們的敵人。

所以，我可以理解為何她對拉普拉斯的存在如此憤慨。但我要冷靜行事。

憤怒是艾莉絲的職責，讓她冷靜則是我的職責。

「關於『魔神拉普拉斯』的真正身分……他是『魔龍王拉普拉斯』墮落之後的化身。」

奧爾斯帝德沒有賣關子，直截了當地告訴我們。

「魔龍王？」

「沒錯，那傢伙曾經是古代龍族。」

拉普拉斯是魔龍王。他曾是龍族？但他應該是魔神才對吧？

「魔龍王拉普拉斯，他是初代五龍將的倖存者。」

五龍將。我記得是龍神旗下的五人，那群人在最後以五對一和龍神戰鬥，兩敗俱傷。

「那傢伙從崩壞的龍界逃出，以第二代龍神的身分帶著使命在這個世界上流浪。」

他是龍王，龍神，也是魔神。先等一下，我頭開始混亂了。腦袋要沸騰了。（註：腦袋沸騰原文為頭がフットーしちゃう，出自すぎ惠美子的漫畫）

「那傢伙為了打倒人神鑽研術法與招式。自稱龍神，傳授技術給具有才能的人，花費長時間促進發展。為的就是把這股力量交付給被送到未來的我，具有最強力量的龍族。」

最強什麼的，居然自己講出口啊。

「但是拉普拉斯在第二次人魔大戰和成為人神使徒的鬥神戰鬥，導致靈魂被一分為二。」

這件事我好像在哪聽過。是指黃金騎士阿爾德巴朗和魔界大帝那場戰鬥吧。

根據奇希莉卡所言，當初戰鬥的應該是龍神和鬥神……

而那個龍神是拉普拉斯，鬥神則是阿爾德巴朗嗎？

這表示拉普拉斯是站在魔族那邊戰鬥的嗎？

「被一分為二的拉普拉斯喪失了記憶，分裂為憎恨人類存在的『魔神』，以及試圖打倒神明的『技神』。」

現在提到的是魔神，還有技神。我記得技神這名人物是七大列強第一名……

「咦？您的意思是技神也是拉普拉斯嗎？」

「正是。」

總覺得現在好像聽到很不得了的情報啊。把這種事說給我聽真的好嗎？

是說情報量太多，我的腦袋來不及處理。

龍神是指初代的那位，奧爾斯帝德是他兒子，拉普拉斯是第二代……啊。

換句話說是這個意思嗎？

首先，初代龍神為了打倒人神，把奧爾斯帝德送往未來。

拉普拉斯雖是五龍將，但他並沒有和初代龍神為敵，再不然就是他察覺到人神的意圖，重新成為龍神的屬下。後來儘管初代龍神死去，拉普拉斯依舊倖存下來並到了這個世界。

拉普拉斯為了傳授技術給被送到未來的奧爾斯帝德，一邊在世界各地旅行一邊把招式傳授給歷代龍神並持續鑽研。此時，人神利用鬥神妨礙他的行動。但拉普拉斯運氣很好……也有可能是他刻意為之，但總之他儘管喪失記憶還是一分為二並活了下來。

大抵上來說就是這樣吧……大概。其實我沒什麼把握。

「哼……！」

我不經意地望向站在身旁的艾莉絲，她扭起嘴巴，擺出不耐煩的表情。

這是她完全聽不懂時的表情。好，稍微放心了。

奧爾斯帝德繼續說明：

「『魔神』拉普拉斯失去了龍之力。那傢伙只記得自己的目的是必須將『人』殺害，並保有著原本龐大的魔術知識。他之所以會統率魔族，為的就是要消滅『人族』。」

「『技神』拉普拉斯失去了魔力。那傢伙保有大量的招式，然而他只依稀記得自己的目的是必須把這些技巧傳授給某人。因此技神製作『七大列強』的石碑，努力鑽研自己的技術。」

七大列強是技神製作的。這件事之前我曾聽說。

畢竟他可是第一名嘛。咦？可是人魔大戰是兩千年以前的事了吧。

「……奧爾斯帝德大人是如何得知這件事的呢？既然您兩千年前才剛到來到此地，表示第二次人魔大戰應該已經結束了才是。換句話說，拉普拉斯當時已經喪失記憶……那麼，不是應該沒有人知道這些內幕了嗎？」

「我在古代龍族的遺跡看了拉普拉斯的手記。」

「啊，原來如此。」

原來他在失去記憶前有留下紀錄。然而諷刺的是，失去記憶的拉普拉斯並沒有發現自己的手記。

「那麼，稍微切回正題。來談談你為什麼會擁有龐大的魔力吧。」

「是。」

「初代龍神創造了轉生法。這個技法可以將自己的靈魂送往未來，侵占其他生命體進而復活。」

「……」

轉生法。侵占其他生命體……嗎？有點讓人在意啊。

「然而，肉體和魂魄原本都是獨一無二的存在。即使寄生在其他身體，也會發生排斥反應導致復活失敗。因此，初代龍神想到一個方法，那就是先對幾個人注入自己的因子。一旦那名人物生下小孩，就會導致肉體產生細微變化。在經過幾百幾千世代之後，即可將所有那種生物的肉體重新打造，藉此製作出和靈魂契合的容器。」

「……」

「於是，當藉由『因子』重新打造的身體與靈魂完全一致時，即可執行轉生。侵占原本將要出生的靈魂擁有的身體，取代那傢伙誕生在這世上。在古代龍族之中，就有幾人是透過這種轉生法轉移到現在的時代。佩爾基烏斯也是其中一人。不過基本上，那傢伙是在記憶模糊的年少時期進行轉生，因此不太記得前世的事。」

轉生的意思是侵占原本將要出生的靈魂擁有的身體，取代那傢伙。

聽到這句話後，我望向自己的手。我也是轉生者。

難道我奪走了名為魯迪烏斯．格雷拉特這名人物的人生嗎？

「喂，你有在聽嗎？」

「咦？啊，是，我沒問題。」

回過神來，才發現奧爾斯帝德正在觀察我的表情。

他暫時看了我的臉一陣，呼地吐了一口氣。

「言歸正傳。儘管拉普拉斯已經喪失神智，但不知他是原本就記得，或者是透過事前留下的文獻得知轉生法的存在。他在被佩爾基烏斯等人打倒後，趁肉體遭到封印前分散因子，把自己的靈魂送往未來。」

「……」

「而現在，具有拉普拉斯因子，和那傢伙有相同特徵之人接二連三地出現。他們具有很高的魔力以及魔術素質，綠色頭髮，剛出生就擁有魔眼。」

很高的魔力以及魔術素質。綠色頭髮。扣除剛出生就擁有魔眼這點，我可以想到一名人物。

「難道說希露菲也是？」

「嗯。希露菲葉特也是其中一人。但我不懂她的頭髮為何是白色……」

「她應該不是拉普拉斯本人吧？」

「當然。那傢伙無法變成女人。」

稍微安心了。可是仔細想想，最可疑的人不是希露菲。

「那麼……我呢？」

「你也是其中一人。畢竟一般來說，能內藏如此魔力的肉體不可能順利出生。」

「……我以為魔力是因為我自己努力才有所成長。」

「當然是這樣沒錯。你的身體只不過是擁有能內藏如此魔力的素質。如果你沒趁幼年期鍛鍊魔力，頂多只是比常人稍微多一點魔力就終此一生。希露菲葉特也是如此。那龐大的魔力是你自己努力得來的收穫，大可為此自豪。」

好像被他誇獎了。我該自豪嗎？

「那個，我應該不是拉普拉斯本人吧？」

「不是。拉普拉斯應該還要再過幾十年才會出生。」

這樣啊。不管怎麼樣，聽到自己不是拉普拉斯還是鬆了一口氣。

也明白了魔力的出處，稍微放心了。儘管這股力量源自拉普拉斯這點，對瑞傑路德有些過意不去，但力量就是力量。端看我如何運用。

但是，我在意的並不是這件事。

「……」

奧爾斯帝德暫時看著若有所思的我，突然像是嘆了口氣似的這樣說道：

「放心吧。雖說你也是轉生者……但在我的記憶中，不存在魯迪烏斯·格雷拉特這名人物。」

「……您的意思是？」

「具有拉普拉斯的因子這件事，意味著在出生的那一刻就會擁有強力的魔力素質。更何況那具身體能夠內藏像你這種驚人的魔力總量，就算靈魂不堪負荷也不足為奇。」

「不堪負荷……您的意思是？」

「……想必原本就已胎死腹中。你是剛好滑進去的。」

胎死腹中。

啊，是這樣啊。那就好。既然我沒有殺死魯迪烏斯氏的話就好。我實在不願去想像如此幸福的人生居然被我奪走。既然保羅和塞妮絲因為第一個孩子死去而難過的歷史也沒有發生的話，這樣更好。

好，切換心情吧。

我是保羅和塞妮絲的兒子，魯迪烏斯。是獨一無二的魯迪烏斯·格雷拉特。

我抱著這樣的自覺，繼續詢問下一個問題。

接著是關於轉移事件。

「我聽說轉移事件是因為七星被召喚過來而導致的，請問可以讓我詢問詳細狀況嗎？」

「……關於那起事件，還有很多未解的謎團。這種事情是我第一次遇上。」

「我是轉生者，而且當時也在場。換句話說，那次事件會不會有可能是我引起的呢……」

「你嗎……？」

聽到這句話後，艾莉絲抓住了我的大腿一帶。

我轉頭望去，艾莉絲看著我微微搖頭。我為了讓艾莉絲安心而把手繞了過去——揉了她的屁股。既柔軟又充滿肌肉的屁股非常具有魅力大腿好痛、好痛、好痛！別捏我！別捏我啦！

「我不否定有這個可能性。畢竟無論是七星還是你，甚至是那起轉移事件，都是至今未曾發生過的狀況。」

我還以為大腿肉會被整塊捏下來。

我望向艾莉絲，她以一副「現在在講正經事吧！」的表情瞪著我。

她變成會看場合的孩子了，真欣慰。

總之，關於轉移事件還是什麼都沒搞懂。

雖說七星建立了一個奇怪的理論……算了，先不管那個。

好，總之，問題就先問到這裡吧。

我的腦袋已經瀕臨爆炸。就算一次聽太多情報，我也沒有自信理解。再來就按部就班，看狀況再適時發問吧。

「……其實我姑且掌握了有關未來的情報。」

「是嗎？」

「是的，這個還請您過目。」

我說完這句話後，把未來的日記遞給奧爾斯帝德。他打開日記隨手翻了幾頁。接著皺起眉頭，抬頭說道：

「這會稍微花點時間，而且字也很難看懂。」

「沒有關係……」

我的字有那麼難看嗎？七星也是這麼說我。算了，畢竟是日記，字醜了點也無可厚非，嗯。但是……如果是寫給別人看的文章就注意一下吧。

「啊，對了。在那之前，我可以先確認一件事嗎？」

「什麼事？」

這件事應該問嗎？

因為奧爾斯帝德比想像中還要親切，所以我得意忘形了。

「我，呃不，鄙人——」

「不用那麼拘謹。」

「我今後將要在奧爾斯帝德先生……大人的麾下工作。這個前提應該沒問題吧？」

「…………嗯，如果你有這個打算的話。」

「所以那個，有件事實在很難啟齒……」

我偷瞄了艾莉絲一眼，並這樣說道：

「是有關僱用條件這件事。」

「僱……用……條件……？」

「是的。因為我還有家室，所以想要定期有個休假之類的。還有跟家人碰面的時間，如果有的話我會非常感激。」

既然決定要為他賣命，我自然是赴湯蹈火在所不辭。

可是，還是有必要定期感受一下自己是為何而工作的吧？

看著露西成長，教愛夏和諾倫念書，津津有味地品嚐莉莉雅的料理，和母親一起曬曬太陽，和希露菲做色色的事，和洛琪希做色色的事，和艾莉絲做色色的事，對吧？

「這就要看你自己了，魯迪烏斯．格雷拉特。」

「啊，說得也是。」

果然不行啊。

露西對不起，爸爸要出外打拚了。

等我打倒人神拯救世界之後就會回來，要保重喔，妳要成為一個乖小孩喔。

「但是，我和阿托菲不同。你不惜捨命也想保護家人，那我不可能把你和家人拆散。至於要帶著你好幾年到處奔波……目前也沒那個打算。」

「啊！是真的嗎？聽到這樣我就安心了。」

好像能獲得休假。

呼，太好了。畢竟和大家分隔兩地果然還是會很煎熬。

雖說我不得不保護他們，但還是不希望離開大家。

「其他還有什麼需要的東西嗎？」

奧爾斯帝德瞪著這邊。

我可以要求嗎？他應該不會生氣吧？不不不，這種事情等到之後再提並不妥當。況且也沒有契約書，得從一開始就好好決定才行。

「……我真的可以要求嗎？」

「我會盡可能通融。」

真的假的？

那麼，我可以得意忘形地要求支付薪水嗎？

這應該並非壞事。所謂的錢就是責任。支付薪水意味著要他人負起責任。收領薪水意味著要承擔責任。與錢無關的工作就會成為沒有責任的工作……我以前曾在某部漫畫看過這套理論。（註：出自《灣岸競速》的高木優一）

我今後得對自己跟隨奧爾斯帝德一事負起責任。作為證明，從奧爾斯帝德身上收取金錢應該也未嘗不可才是。

「呃，那個……因為我不在家的話，一個家庭裡面呢，就少了一個人工作。雖說我也沒有那麼會賺錢……但是前幾天，為了和奧爾斯帝德大人一戰，那個……我還花了不少錢。之前存的錢呢……雖說還有餘裕，但也已經開始見底了。所以，如果我不去工作，晚飯就會少一份配菜。而且我家還有正值發育的年輕人，所以……」

「……換句話說，就是錢吧？」

「講得極端點，是這樣沒錯，嘿嘿。」

當我的嘴角浮現害羞又低賤的笑容時，奧爾斯帝德從懷中取出了某個物品。

是在劍鞘上鑲有華麗裝飾的小刀。

不對，應該是短劍吧。他把短劍輕輕地放在桌上。

「這是魔界的名刀匠尤里安．哈利斯可用王龍王卡夏庫特的骨頭打造的四十八把魔劍之一，魔劍『指折』。拿去賣掉至少能換到十萬枚阿斯拉金幣。你就暫時拿去充當資金吧。」

「喔……喔喔……」

十萬枚阿斯拉金幣。

按照這邊的貨幣換算，一枚阿斯拉金幣大約是十萬圓，所以……呃，呃……

相……相當一百億圓！

這金額足以吃喝玩樂一輩子啊！搞不好都能蓋一座城堡了。

「不夠嗎？」

「不……不，怎麼會呢。」

糟糕。這個人把這麼昂貴的東西賞賜給我，是打算讓我做什麼啊？

啊，要讓我和人神戰鬥嗎？要當刺客是嗎？可是我開始有點害怕了。

不過，雖然要暫時充當資金，到底有誰會出那麼多錢買一把劍啊？

阿斯拉的王族嗎？要從愛麗兒的兄弟身上榨取嗎？

「只……只是那個，要在這一帶變賣這把劍，我想似乎頗有難度。」

「唔……這樣啊。好吧。那麼，給你這個比較好吧。」

奧爾斯帝德這樣說完，從懷中取中皮袋。不假思索地放在桌上，從裡面傳來了石頭摩擦的聲音。

我把手伸過去，拿起皮袋查看內容，發現裡面放了許多各種顏色的透明石頭。

有藍色、紅色、綠色、黃色、黑色以及白色。

「這是……寶石……？」

「是魔石。儘管小顆，但我幫你挑選了帶有顏色的魔石。只要拿去魔術公會變賣，應該能湊到不少錢吧。」

有色的魔石。而且還這麼多……

和魔劍不同，這樣是不敢說能蓋一座城堡，但至少可以玩上十年啊。

收下這麼多真的不要緊嗎？

我一邊湧起這樣的想法，同時瞄了奧爾斯帝德的表情。

「還有需要嗎？」

你還要給嗎！

不，可是……再拿更多的話，感覺好可怕啊。

「不……總之這樣就足夠了。」

我這樣說著，把短劍和魔石塞進懷裡。總覺得自己拿著很危險的東西，心裡不太踏實。

短劍還是給艾莉絲拿好了……

「好了，我要看這本日記，你打算如何？」

「這個嘛，我等您看完吧。」

「要花上一天喔。」

「啊——……那該怎麼辦才好呢？現在時間也還早……是否繼續討論比較好？」

「不，如果你很看重這本日記，那我還是先讀過一遍比較妥當。」

是否重要我無法斷定，只是我認為姑且還是先讓他看過一遍比較好。

奧爾斯帝德可以做到粗略的未來視。

那麼，只要和我的日記互相比照，就有可能從中發現什麼。

「那麼，今天我就先離開了，明天再來拜訪。」
「嗯。」
「……請問您要在這裡過夜嗎？」
「嗯。」
「我明白了。」
如此這般，我決定離開小屋，暫時先回家一趟。

★★★

歸程途中，在夕陽底下，艾莉絲走在我前面一步之遠的距離。
可能是今天聽了一堆艱澀難懂的內容，頭很沉重。疲憊的腦袋只想思考眼前這讓人驚嘆的臀部。
艾莉絲的屁股很驚人。肌肉與脂肪相互協調，感覺緊實又堅挺。
該翹的地方翹。這就是所謂的性魅力吧。
順便說一下，艾莉絲穿的是能明顯呈現臀部曲線的褲子。
拜此所賜，我可以清楚看出那呼之欲出的肉體。緊身褲和內搭褲什麼的在這一帶比較少見，咦？材質是什麼的皮嗎？不對，從那伸縮性來看說不定是布。

直接摸應該就能明白。沒錯，摸就對了。

只要摸了就可與一時昏迷等價交換，解開世界的一個謎題。

很好。就讓會使用光之太刀（TACHI）的艾莉絲，見識一下我所習得的光之觸摸（TOUCH）吧。

「魯迪烏斯。」

艾莉絲突然回頭。我慌張地抬頭看她。

「……魯迪烏斯，就是魯迪烏斯對吧？」

艾莉絲表情一如往常，抿緊了嘴巴。

我自然而然地理解到她是在講轉生云云的那件事。

「嗯。我就是我。雖說好像摻雜了拉普拉斯的因子，但我不是其他的誰。」

「那麼，和以前不會有任何改變對吧？」

「我是這麼認為。只是釐清以前不知道的事情，沒有任何改變。」

我沒有道歉也沒有找藉口，如此說道。

艾莉絲是否能跟上剛才的那番對話呢？

她能夠理解嗎？對奧爾斯帝德而言。所謂轉生就像是家常便飯，而我因為在前世曾看過SF類的故事，也自然而然可以理解。可是沒有任何預備知識就聽了剛才那番對話，這樣真的能理解嗎？

不，艾莉絲應該也年近二十了。已經不是完全不動腦思考的年齡。希望艾莉絲永遠都當個小笨蛋，只是我單方面的一廂情願。

「哼。」

艾莉絲擺出似懂非懂的表情點了點頭，這樣說道：

「你希望我對希露菲和洛琪希保密嗎？」

「可以的話。如果要說，我還是想親自開口。」

我這樣回答後，艾莉絲往前跑了兩三步之後停了下來。

夕陽就落在她的正後方。美麗的倩姿由於逆光形成一道剪影。

她的紅髮沐浴在夕陽底下，宛如紅寶石般閃閃發亮。

別緻的五官和銳利的目光，即使身處逆光也依舊釋放強大的存在感。

好美啊。

「那我們牽手吧。」

艾莉絲伸出手來。我不發一語地牽了她的手。

和外表的美麗相反，由於上頭有練劍磨出的老繭，因此手有些粗糙，和希露菲與洛琪希大相逕庭。但是她的手卻溫暖又有力地包住了我的手。

我也用力地回握，開始往前走去。

久違地和艾莉絲並肩而走的行為，讓我沒來由地感到開心。

一想到從明天起就會展開和目前完全截然不同的全新生活，讓我內心懷抱些許亢奮。

閒話「於是，狂劍收入劍鞘」

「嗯嘎！」

清醒的方式彷彿自帶「啪」的效果音。

艾莉絲發出不像少女的聲音清醒過來。

「……？」

奮力挺起上半身，搔著散亂的頭髮，以恍惚的眼神環視周遭。

陌生的房間、陌生的床鋪，就連窗戶的形狀和衣櫃也如此陌生。

然而，在床鋪旁邊有熟悉的兩把劍，以及脫下來散亂在地上的衣服。

毫無疑問，昨晚是以自己的意志睡在此處。

「啊，對喔……」

認識到這點的同時，艾莉絲的腦海鮮明地浮現出昨晚的記憶。

解救魯迪烏斯，和奧爾斯帝德戰鬥的記憶。

還在劍之聖地那時，作了好幾次和奧爾斯帝德戰鬥的夢。把握一整天的時間盡可能訓練，在筋疲力盡之後，宛如一攤爛泥沉沉睡去，這樣一來，幾乎每晚都一定會作那個夢。和魯迪烏斯一起迎戰奧爾斯帝德的夢。夢的內容會伴隨自身的成長而有所改變，但也有共通之處。那就是每次都會在分出勝負之前從夢中清醒。

但是，前幾天卻分出了勝負。在至今的夢裡從未分出的勝負。

戰鬥的結局絕非是自己所想像的那樣。是以從來未曾想過的方式劃下句點。

所以，她以為那是一場夢。然而，既然自己現在身在此處，這意味著……

「那不是夢啊。」

艾莉絲喃喃說道。

和奧爾斯帝德戰鬥之後過了幾天，艾莉絲留在格雷拉特家中。

★★★

艾莉絲．格雷拉特正在煩惱。

要和魯迪烏斯一起迎戰奧爾斯帝德。她就只為了這個目的才前往劍之聖地，實際上她也的確與奧爾斯帝德一戰。儘管和預想中的狀況有許多不同，但如今已確實達成了這個目的。

當然，她也考慮過之後的事。就是要和魯迪烏斯一起幸福地生活。

至於要怎麼做才能獲得幸福，這部分的具體想法雖然有些曖昧，但是艾莉絲打算一併達成這個目的。

然而和那樣的艾莉絲的心情相反，這幾天一直都沒有辦法和魯迪烏斯對話。

「……真奇怪。」

艾莉絲在洗手台洗臉並這樣低喃。

格雷拉特家的洗手台擺著一面很大的鏡子，上面映照著艾莉絲的臉。

鮮紅色頭髮，往上吊的眼角，頭髮蓬亂，儘管已用水嘩啦嘩啦潑在臉上，清洗嘴角的口水痕跡，但只要一閉上嘴巴，看起來就像是在生氣。

不可愛。艾莉絲如此心想。

那麼，要是問她什麼樣的長相才算可愛，她的腦海就會浮現兩名女性的臉龐。

希露菲和洛琪希。儘管她們倆的五官不同，但要分類的話都算是可愛系的臉蛋。

沒有像艾莉絲這樣眼角往上吊，頭髮也沒有那麼蓬亂。

就算把嘴巴閉起，看起來也不像是在生氣。

連身材也是相當不同。儘管缺乏女性魅力，但那應該是魯迪烏斯的喜好。

基本上，容貌是不可能說變就變，所以艾莉絲也放棄了。

可是，關於其他部分又是如何……

希露菲是很居家的女孩。家事與炊事不在話下，還很善解人意，無論艾莉絲有多麼駑鈍，她也不會嗤之以鼻嘲笑對待。更何況，艾莉絲可以清楚感受到她非常喜歡魯迪烏斯。對於理解魯迪烏斯的實力與帥氣的人，艾莉絲也會給予很高的評價。

至於洛琪希，更是讓魯迪烏斯尊敬的人。儘管似乎有些冒失的地方，但她沉著冷靜，看起來十分聰穎。而且工作也十分穩定，愛夏曾說她是對這個家的經濟貢獻最多的人。從前一起旅行的時候，魯迪烏斯也好幾次提起她了不起的地方。既然是會被那個魯迪烏斯尊敬的人，艾莉絲對她的評價自然也很高。

那麼相較之下，自己又是如何？

家事和炊事都不如常人，就算說要去賺錢，除了冒險者以外的職業也是一竅不通。就連當初做冒險者時，絕大多數的工作也幾乎都是交給魯迪烏斯處理。

鄭重再說一次，艾莉絲打算達成和魯迪烏斯在一起的這個目的。

儘管許多狀況都和原本預想的不同，但對艾莉絲而言只是瑣碎的小事。

當然，她內心也曾想過要獨占魯迪烏斯，自己是第三名妻子這件事也讓她感到五味雜陳，但如今也已對這點釋懷了。畢竟當初收到的信中已經提及魯迪烏斯是因為自己才陷入了非常難受的窘境，而且阿斯拉王國也有許多人都是一夫多妻。因此她並不覺得有哪裡奇怪。

只是，說到是否與另外兩人的立場對等，艾莉絲就不得不對此感到疑問。

艾莉絲也已經不是小孩。她現在也開始了解為了活下去而必須學會的事情比想像中更多。儘管她還不知道「多」是指到什麼程度，但起碼她明白這個世界並非僅靠劍術就能生存下去那麼天真。

以前，她曾認為那種東西對自己沒有必要。

因為魯迪烏斯什麼都辦得到，她認為就算自己一竅不通也無關緊要。

然而，看到站在魯迪烏斯身旁的希露菲和洛琪希後，她就不再這麼認為了。

基本上，自己是為了能夠配得上魯迪烏斯才前往劍之聖地。

她認為只要變強，就不會拖累魯迪烏斯。

但是如今回來一看，才發現自己的確不再是個累贅，但是魯迪烏斯身邊已經有人在支持著他。那兩個人擁有為了活下去而必備的能力，並十足充分地發揮這股能力幫助著魯迪烏斯。

說不定，自己沒有資格成為魯迪烏斯的妻子。

因此，魯迪烏斯才始終沒有拋出結婚的話題，只是用張奇怪的表情往這邊偷瞄。

這就是艾莉絲的煩惱。

如果是平常的艾莉絲，應該不會煩惱，而是直接朝魯迪烏斯突進。但正如剛才所提到的，她現在腦中混雜著許多思緒，因此沒有辦法自己主動拋出話題。

「……好！」

然而，艾莉絲天生就是個不會持續煩惱的人。

然後，她也已經不是當初那個什麼都辦不到的任性大小姐。

她在劍之聖地學習劍神流，並獲得了劍王的稱號。是個獨當一面的劍士。

她在成為劍王的這段過程中，很清楚一旦產生煩惱該如何應對。

如果沒有資格，只要去拿到手就行了。

★★★

洗好臉，艾莉絲做完早晨日課的空揮練習，快速地沖了澡之後邁步前往廚房。

在廚房這裡，已經有希露菲、愛夏以及莉莉雅三人正在來回忙碌。

雖說和奧爾斯帝德交手過後才剛過沒多久，但以在廚房的人數來說，需要準備的餐點並不算太多，因此並沒有那麼忙碌。

可是，艾莉絲卻這樣說道：

「我也要做！有什麼事情可以幫忙嗎？」

愛夏聽到後立刻明確地回應：

「艾莉絲姊姊，在飯煮好前妳先慢慢等喔！」

她說這句話的言外之意，相當於「沒有事需要妳幫忙」。愛夏基本上是個開朗的好孩子，而且她也喜歡艾莉絲，甚至還對她抱持敬意。然而，她也清楚艾莉絲不會煮菜。愛夏目前並沒有困擾到需要派不上用場的人幫忙。

然而，對方是艾莉絲。就算她能察覺對方的言外之意，也不會就此善罷甘休。

「我才不要慢慢等！我以後也會成為魯迪烏斯的妻子啊！」

愛夏一邊在腦內想著「這下麻煩了」，同時露出苦笑望向希露菲。

實不相瞞，掌管這個廚房的人正是希露菲，因此愛夏想請求她做出指示。
「那個，艾莉絲，妳會煮飯嗎？」
希露菲擔心地這樣詢問，艾莉絲理直氣壯地說道：
「只是幫忙的話應該沒有問題。」
「是嗎……那麼，可以麻煩妳幫忙切好這些蔬菜嗎？我要拿來做燉菜，可是對我們來說，這菜有點太硬了。」
希露菲這樣說完，便把烹飪用的菜刀遞給艾莉絲。
艾莉絲拿著菜刀，雀躍地站上了廚房。
剛削好皮的蔬菜就擺在她的面前，這種蔬菜和南瓜非常相似。
「只要切這個就行了吧？」
「嗯。還挺硬的，沒問題嗎？」
「沒問題。因為我很習慣用劍。」
「那不是劍啦……」
儘管長久以來都在進行劍術修行，但在艾莉絲還是個冒險者的時期，瑞傑路德也曾經教過她如何剝下魔物的皮，也曾經切過肉。關於料理方面的知識並非完全沒有。不巧的是，格雷拉特家今天準備的早餐並沒有解剖魔物的這道流程，但如果只是切蔬菜的話，艾莉絲認為自己也能勝任。

「……咦？」

可是，南瓜比艾莉絲想像中來得更硬，卡住了艾莉絲的菜刀。

艾莉絲擅長瞄準高速移動的敵人，但這還是她第一次面對砧板上的蔬菜。自然會有經驗上的差距。

然而，她好歹也是劍王。

因此，她其實很擅長運用刀具。當然也非常了解要如何砍斷堅硬的物體。

「那個，艾莉絲，要先把刀……」

「哼！」

正當希露菲打算教導艾莉絲切菜方法的那一瞬間——

艾莉絲做了一次銳利的呼吸，以迅雷不及掩耳的速度舉起菜刀，然後砍了下去。

希露菲只能看到她舉起菜刀的瞬間。她只知道才剛聽到噹的一聲，菜刀就已揮下。以及南瓜被一刀兩斷的事實。

……還有，砧板也被一刀兩斷。

那塊砧板是在她結婚的時候請魯迪烏斯幫忙準備的廚具，從那之後就一直使用至今。

「如何？」

看到艾莉絲志得意滿的表情，希露菲的嘴角微微一顫。

可是她忍住了。砧板是有些昂貴，也的確是自己中意的東西，又是實用品，但總有一天還是得買塊新的來換。簡而言之，只要再買就行了。

「啊啊啊～！那塊砧板是哥哥在和希露菲姊姊結婚的時候買給她的耶——！」

代替她慘叫的人是愛夏。她拿起被一刀兩斷的砧板，眼神像是在表示難以置信一樣看著艾莉絲。

「艾莉絲姊姊，太過分了啦！」

「嗚……」

艾莉絲露出戰戰兢兢的表情看著希露菲。

希露菲的嘴角微微顫抖，但總算是勉強露出笑容。

「這……這也沒辦法啦。艾莉絲也不是故意這麼做的，對吧？」

「……是……是我不好。」

艾莉絲道歉了。因為如果是魯迪烏斯送給自己的東西被劈成兩半，她肯定會大發雷霆。

「不過，妳還是先不要切菜好了。」

之後，希露菲把能讓艾莉絲幫忙的事情逐一分配給她。

但是，艾莉絲卻超乎想像地笨拙。

讓她幫忙顧火卻反而著火，讓她幫忙洗用過的鍋子，卻因用力過猛導致把手扭曲，讓她負責幫忙擺盤，卻整個灑到地板上。其實只要冷靜下來，這些事情艾莉絲應該都能辦到，但今天的艾莉絲卻多少有些賣力過度。

人在鼓足幹勁的時候，總是會犯下平常不會犯的過失。

最後，艾莉絲得到的是把刀刃受損的菜刀磨亮的工作。

她一直以來都做著劍術修行，與此同時，她也學到要如何保養刀劍。

不僅瑞傑路德曾教過她，在劍之聖地也曾被強迫學習如何保養刀劍，因為對於得將對手一擊斃命的劍神流而言，維持劍的鋒利是最為重要之事。

儘管菜刀並不是劍，但也同樣是刀具。保養的方法應該相差無幾。她趁著上午的這段期間，幫格雷拉特家的菜刀恢復到甚至能切開鐵板那般鋒利，受到希露菲等人的感謝。

話雖如此，這件事稍微偏離了自己想像中的名為「家事」的範疇，艾莉絲也心知肚明。

★★★

艾莉絲在廚房徹底搞砸了。

可是她並沒有放棄。儘管料理不行，但自己起碼還可以賺錢。

抱著這種想法的她，立刻造訪了洛琪希工作的魔法大學。

她想姑且先向洛琪希傳達來意，詢問是否有自己也能完成的工作。

「呃，幫忙嗎？」

艾莉絲來找她談話時，洛琪希正在享用中餐的便當。

她才在納悶今天煮焦的配菜怎麼特別多時，罪魁禍首就自己找上門了。

「對。我聽說洛琪希的收入穩定，對家裡很有幫助。因為我也將要成為魯迪烏斯的妻子，至少得賺錢才行。」

「是這麼一回事啊。如果妳想工作的話，我至少能介紹工作給妳。」

「感謝。」

「那麼，妳會做什麼呢？」

被這樣詢問，艾莉絲想起以前曾受過魯迪烏斯教導的往事。

因為這裡是學校，那自然是要協助教師。既然如此，以前魯迪烏斯教她的事情就能派上用場。

「我會算術和讀寫，還會簡單的魔術！」

儘管每樣都絕非自己的強項，艾莉絲依舊自信滿滿地回答。

聽到這樣的回答，讓洛琪希開始沉思。

艾莉絲是劍王。那麼首選當然是劍術方面的工作。雖然不知道艾莉絲教導劍術的能力到什麼程度，但是幫她介紹這所學校的劍術教師工作，理應是最好的選擇。儘管艾莉絲沒有教職員的資格，但如果是助手的話馬上就能勝任。這所學校也有劍術教師，透過洛琪希的介紹去輔佐他才是最正確的做法。

那名教師是上級劍士。比艾莉絲的層級還低。一旦艾莉絲擔任助手，見識到彼此的程度差距，說不定會害他的自尊心受損……洛琪希這樣思考，同時想起他日前興奮地闡述有劍王來到鎮上一事。

他甚至還說如果有機會的話想接近她們，請她們稍微指導一下劍術。

既然如此，反正他現在甚至在教職員室的角落以羡慕的眼神窺視這邊，那麼如果找他過來，應該會欣然地接受這個提案吧。

然而，洛琪希再度陷入沉思。

艾莉絲剛才沒有提及劍術，這是為什麼？聰明的洛琪希馬上就導出答案。

艾莉絲是劍王。說到劍王，即是劍聖的上位階級，實力貨真價實的劍士。魔術師之中也有具備王級稱號的人物，他們多半也只會選擇自己認定的對象收為弟子。那麼，能讓艾莉絲願意教導劍術的對象，肯定也只是一星半點兒。

既然如此，那就不該推薦她擔任劍術輔佐員。這樣對劍王來說過於失禮。

當然，這是洛琪希想太多……無論如何，洛琪希說出了其他回答。

「這個嘛，那麼就請妳擔任警備工作如何？」

「警備？真單調的工作。」

「工作往往都是很單調的。」

「哼……不過冒險者也是這樣。我明白了。」

於是，艾莉絲經由洛琪希的介紹，決定體驗魔法大學的警備員一職。

如此這般，艾莉絲在洛琪希的帶領下來到魔法大學的入口。

對於還沒熟記校地內詳細地圖的艾莉絲來說，她唯一能勝任的工作，就是門衛。

總之，先姑且讓她在下午嘗試這份工作，只要沒有問題就會正式僱用。

「那麼，因為我還有課要上所以得先離開。我傍晚就會來接妳。」

洛琪希這樣說完，就把艾莉絲交給負責大門警備工作的門衛，自己先回到學校。

門衛看著艾莉絲，以困惑表情搔著後腦杓。

「呃，總之呢，門衛是很單純的工作。一看到明顯詭異的傢伙或是危險的傢伙就把對方叫住，確認身分之後，再根據狀況禁止他們踏入校園。」

「好像很簡單嘛！」

「很簡單啊，畢竟明顯可疑的傢伙本來就不常見。總之，我先示範給妳看吧。」

門衛這樣說完，就站在門口旁邊開始監視進入大學的人潮。

話雖如此，魔法大學的校地內幾乎所有設備都一應俱全。午休時外出的學生與教職員很少，路人也不多。頂多只有看起來像業者的商人或是修理校舍的工匠會通過大門。僅僅一次有一名臉頰上有傷痕，長相恐怖的人經過，但試著叫住他問話之後，立刻發現他是侍奉住校貴族的護衛。

正如他所說，幾乎沒有可疑的傢伙通行。

「大概就像這樣。下午以後人會更少。妳就試試看吧。」

「交給我吧。」

艾莉絲意氣風發地站在門邊。

雙手抱胸，張開雙腳，抬起下巴，擺出熟悉的姿勢。

然而，她的眼神卻很銳利。銳利到誰都不敢與她直視。路上的行人都一律低著頭，刻意不和她對上眼便走進學校。

沒有任何可疑人士。即使有人打著壞主意，在看到她的視線之後，毫無疑問會重新思考。

然而，在這樣的人群之中，只有一個人沒有低頭。

儘管艾莉絲站在那裡，那傢伙依舊不為所動，臉上表情簡直就像在表示自己才是這學校的主人一樣準備穿過大門。和周遭明顯不同的身影，如果是平時的話應該會覺得稀鬆平常，但現在看起來卻格外突出。

因此艾莉絲心想——這傢伙很可疑。

「站住！」

聽到有人出聲攔阻，那名男子停下腳步，望向艾莉絲。

「有事嗎？」

他擺出一副有事快說的態度，艾莉絲對此一口斷言。

「你很可疑！」

「我走這條路已經二十年了，還是第一次被這樣說。我反而覺得妳比較可疑，畢竟妳看起來很陌生。是什麼時候開始在這工作的？」

「剛剛！」

「這樣啊，那就沒辦法了。」

男子這樣說著，打算把手伸進懷裡。為的就是拿出自己隸屬這間學校的證明。

然而就在下一瞬間，不合季節的強風颼的一聲襲擊男子。

這使得男子反射性地把正要伸進懷裡的手移到頭部。

那明顯可疑的舉動讓艾莉絲起了反應。她剎那間就往前踏出一步抓住男子的手。

「你在隱藏什麼？」

「……！」

在說完這句話的艾莉絲眼前，那名男子的頭髮隨風飛去。

如字面所示，飛走了。

留下來的，只有禿得徹底的頭頂。

「…………」

艾莉絲沉默不語。她的確感到對方有所隱瞞，但是卻萬萬沒想到是在隱藏自己一無所有的事實。

與僵住不動的艾莉絲相反，男子用沒被抓住的另一隻手伸進懷裡取出徽章，這樣說道：

「我是蓋奧爾格，這所魔法大學的校長。」

男人如此宣言，臉上已因為憤怒和羞恥而滿臉通紅。

★ ★ ★

直接說結論，艾莉絲當場就被宣告炒魷魚。

雖然還沒受到僱用就被炒魷魚聽來很詭異，總之校長拒絕僱用艾莉絲為警衛。

「唉……」

艾莉絲靜靜地消沉。

家事不行，工作也不行，她重新體會到自己什麼都辦不到。

即使駑鈍，只要完成工作應該就會有些許改變，但是接連兩次的失敗，已足夠讓艾莉絲心灰意冷。

艾莉絲就像從前在羅亞鎮曾做過的那樣，躺在格雷拉特宅邸一隅的小屋屋頂仰望天空。

她一邊這樣做，同時想起從前和魯迪烏斯的對話。

「為什麼必須去做自己做不好的事情啊！」

對於說出這種話的艾莉絲，魯迪烏斯這樣回答：

「正因為原來是沒辦法順利做好的事情，等自己拚命努力，最後終於能夠做到時，產生的達成感才會更加強烈吧？」

無論家事還是工作，肯定都和當時練習跳舞是同樣狀況。就算失敗多少次，總有一天也能辦到。

然而與此同時，艾莉絲心想……那是不是有哪裡不對？或許是可以得到達成感沒錯，但是有哪裡不對。

但是艾莉絲並不懂究竟是有哪裡不對。

「——請放開我！」

此時有一道聲音順著風傳入了艾莉絲的耳裡。

是熟悉的聲音。艾莉絲挺起身子，往聲音傳來的地方望去。

看來，似乎是有人在格雷拉特宅邸的入口起了口角。

「是什麼事啊……」

艾莉絲靠近一看，發現站在那裡的人是魯迪烏斯的妹妹諾倫，以及和她年齡相仿的少年。

是打扮很有品味的少年。雖然和諾倫一樣都穿著制服，但可以看出布料的素材和鈕釦都是高級貨。不只是打扮，微捲的金色長髮，整齊的眉毛，保養得宜的肌膚。以及站在身後的兩名護衛的存在都證明了他的貴族身分。

他拉著諾倫的手，簡直就像是在表示不讓她進入家門。

而且他還進一步用另一隻手梳起裝模作樣的頭髮說道：

「吶，諾倫。只要妳願意來我這裡，妳就能為妳的兄長，以及敬愛的愛麗兒公主助一臂之力。」

「請你不要在愛麗兒大人和哥哥不在的時候胡言亂語。」

「正是因為他們不在才好啊。只要周圍的人在他們兩人回來時帶來更好的結果，就會認為我們有先見之明，評價也自然會水漲船高。這樣我們未來就會被視為忠臣受到重用。」

「我只看見自作主張而惹他們生氣的未來。」

諾倫似乎想甩開少年的手。

然而對方是貴族，或許力量也真的很強，所以她沒辦法強行甩開。

「他們不會生氣的。來，妳看看站在我後面的這兩個人。他們是我從北方大地特別優秀的傭兵團之中精挑細選出來的精兵。妳哥哥最近經常不在家對吧？那麼就由我守護這個家吧。」

「沒有必要。希露菲姊姊和洛琪希姊姊也在。」

「不都是女人嗎？」

「還……還有札諾巴學長和克里夫學長。」

「可是他們現在並不在這裡。」

由於少年糾纏不清，諾倫也越來越不知該如何回應。

再這樣下去說不定會因情勢所逼，讓少年踏入家門。

看到眼前的狀況，艾莉絲靠近他們並這樣說道：

「她很不願意，快放開她。」

看到唐突出現的艾莉絲，少年眉頭一皺。

「妳是誰啊？怎麼沒見過妳。難道妳不認識我嗎？」

「不認識。」

「既然不知道就讓我告訴妳。我是里夏爾德．莫納里亞斯，是有優良傳統的莫納里亞斯子爵家的下任當家——」

「那種事無關緊要。你沒聽到我說把手放開嗎？」

自我介紹到一半就被打斷，這讓名為里夏爾德的少年顯得不太高興。

「真是個無禮又無知的女人！聽好了，要是反抗我，像這種小住宅轉眼間就會——嗯？」

下半身突然莫名發寒，讓里夏爾德的話只說到一半。

「！」

他把視線往下一看，褲子已然滑落，內褲一覽無遺。儘管他慌張地拉起褲子，卻因為皮帶斷裂，導致他不得不用手撐住才能拉到腰間。

到底出了什麼事？在他這樣想的同時，艾莉絲腰間佩劍發出了鏗鏘一聲。

接著里夏爾德把視線抬高，這才發現艾莉絲正以極度冰冷的眼神注視自己。

「再來，我會砍掉你的手臂。」

「咿！」

里夏爾德是赫赫有名的貴族敗家子，以貴族來說雖然被視為缺陷品，但以生物來說卻並非如此。他至少能夠以直覺感受到艾莉絲這句話並非威脅。

他反射性地放開諾倫的手，並向後退了一步。

「我……我知道了。今天我就先收手吧。」

聽到這句話後，艾莉絲拔出佩劍。

甚至沒聽到出鞘的聲音，劍已拔起，這實在難以想像，但是卻讓他預感到自己的死期。

「我……我不是說今天要收手了嗎！」

「不只今天，還有明天跟後天也是。」

被艾莉絲目不轉睛地盯著，讓里夏爾德的腳不斷打顫。根本無法正眼看她。

然而，即使如此他也有身為貴族的自尊。不可能放任一介無禮的女平民愚弄自己還能善罷甘休。

「竟敢對我——」

嘴巴開到一半，里夏爾德就被護衛揪住肩膀拉到後面。

「少爺，還是算了吧。這傢伙八成是之前謠傳的那個狂劍王。她不是威脅，是真的會下殺手。從劍之聖地出來的劍士是沒辦法用道理溝通的。」

無論平常這個笨兒子做出什麼樣的行動，護衛總是一邊嘆氣一邊處理善後。

然而也正是因為他們經驗老到，才能看出這女人惹不得。

「可惡，妳給我記住。」

里夏爾德撂下一句狠話準備轉身離去，艾莉絲像是要趁勝追擊一樣說道：

「我不會忘的。要是下次敢再對這女孩出手，我就砍了你。絕對不會讓你逃走。我可是記住你的臉了。」

「嗚……」

這句話成為致命一擊。被眼前的女人記住自己長相的事實，讓他渾身顫抖不已。

里夏爾德總算閉口，臉色鐵青地像是要逃之夭夭一般匆忙離去。

艾莉絲怒瞪著里夏爾德以及護衛，直到看不見他們的身影為止之後才放鬆了肩膀的力量。

「哼。」

當然，剛才的話並不是認真的。

艾莉絲是偏激的女人，但沒有那麼殺氣騰騰。那只是單純的威脅。

況且基本上別說長相，她連名字都記不起來。因為艾莉絲不擅長記憶。

然而，艾莉絲貨真價實的殺意，讓他們產生了那不是威脅的錯覺。

「呼……」

艾莉絲嘆了一口氣後回到家裡。

諾倫連一句謝謝也說不出口，只是一直注視著她的背影。

她把手放在胸口，眼神中充滿憧憬。

★ ★ ★

艾莉絲有一半是基於遷怒才把少年趕跑，內心依舊認為自己又搞砸了而感到消沉。

儘管她看到諾倫感到厭惡，但他們似乎也在談論某種艱澀話題。說不定那是不應該以這種方式趕跑的對象。之後或許會有誰來抱怨幾句。

她抱著這種想法踏入家中，此時，從客廳觀察狀況的希露菲和洛琪希便招手示意她過來。

看吧，艾莉絲這樣心想並移動到客廳——

「謝謝妳，艾莉絲！」

「幫了大忙呢。」

「咦？」

突然收到感謝的話語，讓艾莉絲的眼睛眨了又眨。

「我們看到了喔。妳救了諾倫對吧？」

「如果是我們的話，就算說再多他也聽不進去，不過看那樣子似乎沒問題了。」

看到兩人笑顏逐開，艾莉絲皺起眉頭反問：

「……這樣算好事嗎？應該有什麼內情吧？」

「嗯——我記得那孩子的爸爸有出資贊助愛麗兒大人，在學校也有很強的影響力……」

從希露菲口中道出的真相，就如同艾莉絲所擔憂的一樣。

里夏爾德是拉諾亞王國的大貴族兒子。

而那名大貴族是出資贊助愛麗兒的其中一人，而且也提供了龐大的捐款給魔法大學，對經營方針也有很強的影響力。說得極端點，希露菲和洛琪希的薪水有其中幾成算是由他的爸爸所支付的。

當然，身為兒子的里夏爾德與那部分的事情毫無關聯。儘管他為了此事稍微向父親哭訴，不用說希露菲，更不會牽連到愛麗兒，甚至對洛琪希的教師生活也不會有任何改變。

然而，里夏爾德始終認為自己是「出錢的那一方」，無論希露菲和洛琪希說什麼，他也認為沒有必要理解，始終充耳不聞。

「我正想出去把他趕走，這時候艾莉絲就出現了，我原本還擔心事情會怎麼發展，妳那樣做反而讓我痛快了不少。」

洛琪希用鼻子哼了一聲這樣說道。

看到這一幕的洛琪希嘻嘻笑了出來，接著突然又以正經表情看著艾莉絲。

「吶，艾莉絲。」

「什……什麼啦？」

艾莉絲正感到困惑，希露菲牽起了她的手。

希露菲以這句話為起頭開始說道：

「妳認為自己有某些不足的地方。但我要說，其實沒有這回事，妳要對自己有信心。」

至今為止的行動遭到否定，讓艾莉絲皺起眉頭。

「什麼啦，為什麼突然這麼說？」

「妳最近因為很多事情而煩惱對吧？我也有點能夠體會艾莉絲的心情。因為看著魯迪，就會得自己得更加能幹才行嘛。」

「……」

被說中心事，艾莉絲抿緊嘴巴。

希露菲對悶不吭聲的艾莉絲繼續說道：

「那個，艾莉絲，與其說我們是要守護魯迪的背後，應該說是守護後方才對。今天雖然是艾莉絲把對方趕跑了，但是像剛才那種狀況，我們平常是可以好好對應的喔。」

艾莉絲的手被更加緊緊握住。

「可是，在看到奧爾斯帝德和魯迪，以及艾莉絲的戰鬥之後，我有了一個想法。就是在和強大的敵人戰鬥時，我們沒有站在魯迪身前的力量。」

希露菲看著艾莉絲的眼睛。

艾莉絲的眼睛寄宿著非常強大的力量。然而，希露菲卻完全沒有退縮。

反而就像是要以更強的力量回擊一樣，她目光炯炯地回望著艾莉絲。

「妳就是為了辦到這點才一直修行的吧。所以啊，我希望艾莉絲對這件事更有自信。」

希露菲這樣說完，便鬆開手露出微笑這樣說道：

「我想說的只有這樣，今後也請多多指教喔，艾莉絲。」

★ ★ ★

艾莉絲以莫名輕飄飄的腳步走在家裡的走廊。

她以自己的方式煩惱到最後，結果得出的結論是「現在這樣就好」。

不過，是啊。仔細想想，這樣就好了。

魯迪烏斯是魔術師，自己是劍士。原本就是抱著這個打算才離開他的身邊。因為艾莉絲自然地得出結論，只要彼此去做自己得意的事情就好。

可是，魯迪烏斯也不是什麼都會。他隨著長大成人，會做的事情比以前增加不少，但並非樣樣精通。他也有無法辦到的事情。

而希露菲和洛琪希彌補了他的不足。

艾莉絲雖然沒導出如此明確的結論，但是她的內心變得豁然開朗。

這樣就好，因為自己沒有做錯。自己所做的並非沒有意義，她重新實際感受到這點。

「啊。」

在那樣的艾莉絲的視野中，突然出現了一名人物。

坐在椅子上，以發愣的表情注視窗外的一名女性。

塞妮絲．格雷拉特。艾莉絲也聽說了她的狀況。她因為被迷宮囚禁，喪心了心智。

這樣的她彷彿察覺到盯著自己的視線，轉向艾莉絲的方向。

她的視線牢牢地捕捉到了艾莉絲。

艾莉絲感受到那股視線，隨後挺直身子。因為她認為無論對方處在什麼狀態，她都是魯迪烏斯的母親，必須要好好面對她。

艾莉絲走到塞妮絲面前。

雖然該說些什麼，卻不知道自己該如何開口。

在塞妮絲的面前，艾莉絲甚至困惑到連雙手抱胸的動作都做不出來。

早知如此，應該要好好上禮儀規矩的課程才是，是不是應該想好該說什麼再來，艾莉絲一邊這樣想著，塞妮絲卻宛如在等待艾莉絲開口似的一直注視著她。

受到這股視線，艾莉絲開口說道：

「小……小……小女子不才，請您……多多指教。」

口吃了。艾莉絲因為沉重的失態皺起眉頭。塞妮絲的表情卻突然起了變化。

她笑了。

艾莉絲討厭被人嘲笑，討厭被人看不起。但是她認為塞妮絲的笑容絕非在嘲笑自己。反而讓她有種塞妮絲在回應自己的錯覺。

塞妮絲不發一語。

但是，艾莉絲確實聽見了塞妮絲的聲音。

「這句話應該要在魯迪面前說才行喔。在我面前可以不用那麼恭敬。」

聽見了這樣的話語。

「……」

艾莉絲默默地低頭致意。

做出這個動作的同時，她重新下定決心要和魯迪烏斯結婚。

艾莉絲

人物設定草案
艾莉絲

神刀

鳳雅龍劍

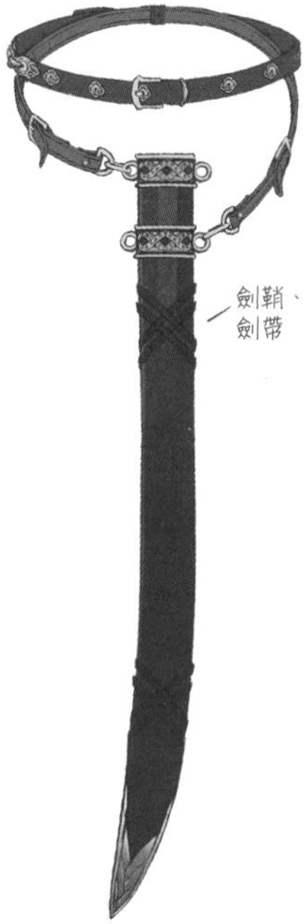

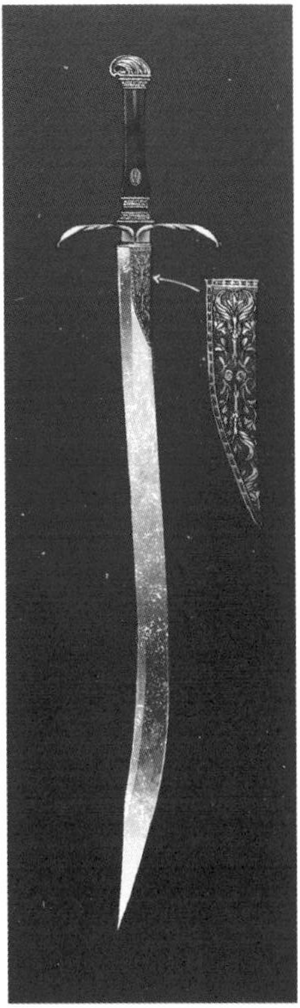

無名劍

稍微修改過設計。

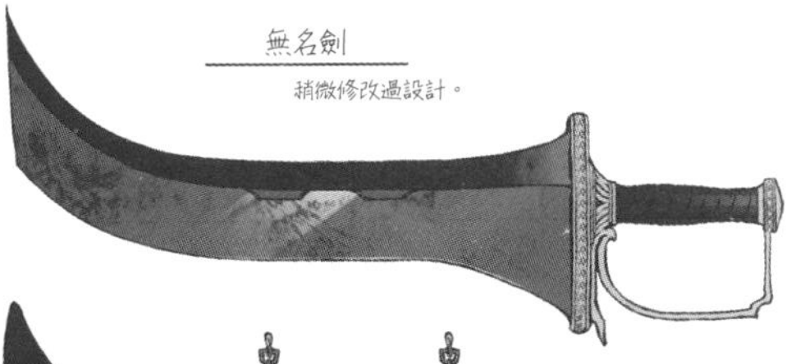

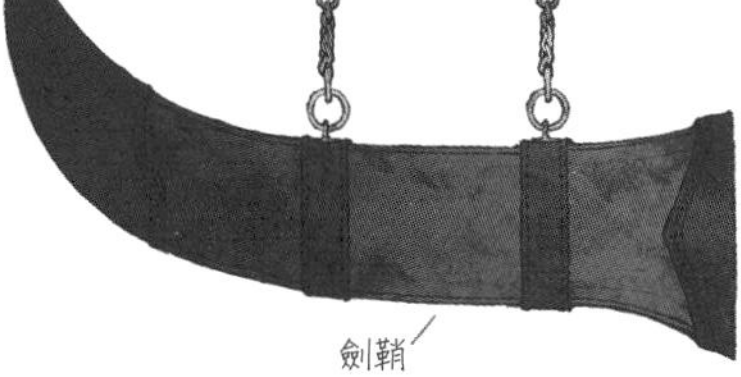

魔導鎧

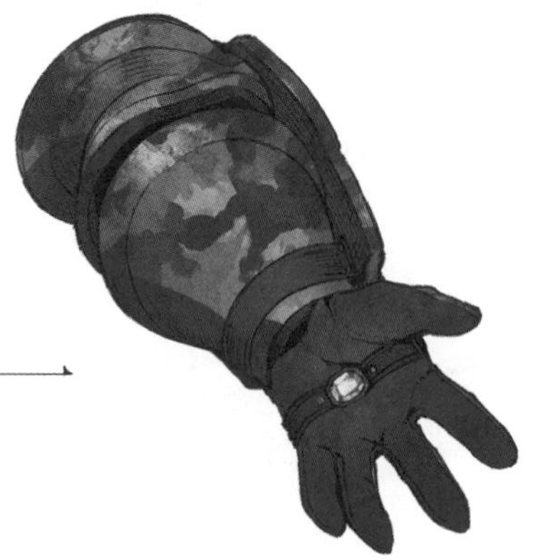

吸魔石

人物設定草案
魔導鎧

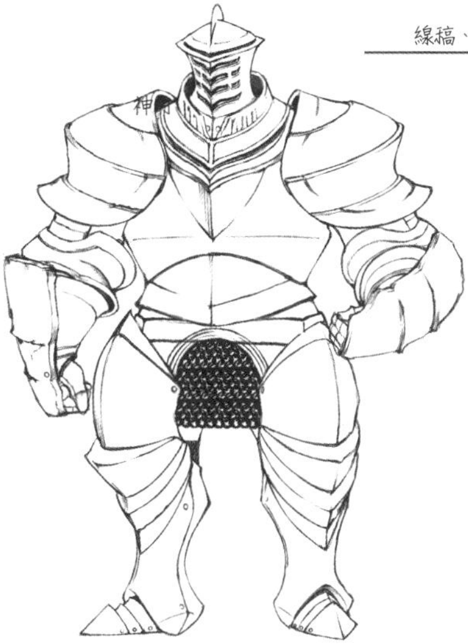

線稿、背面

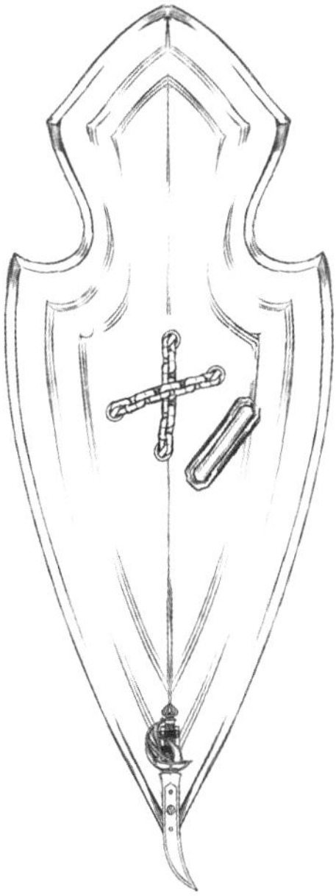

加特林機槍

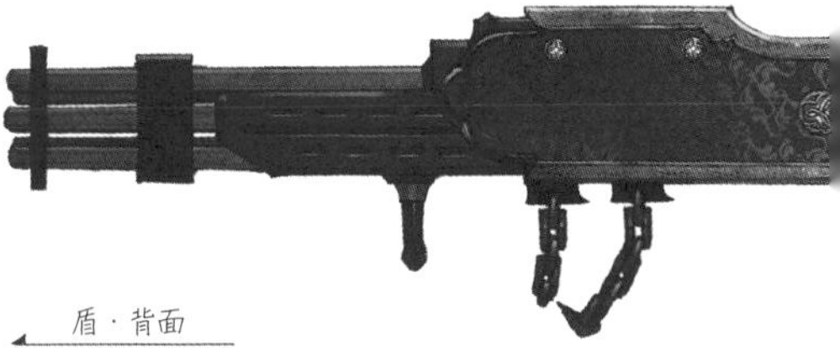

盾・背面

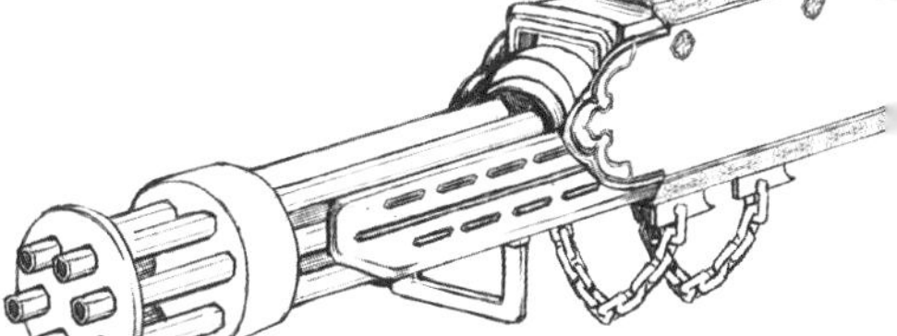

七星

面具案

①

②

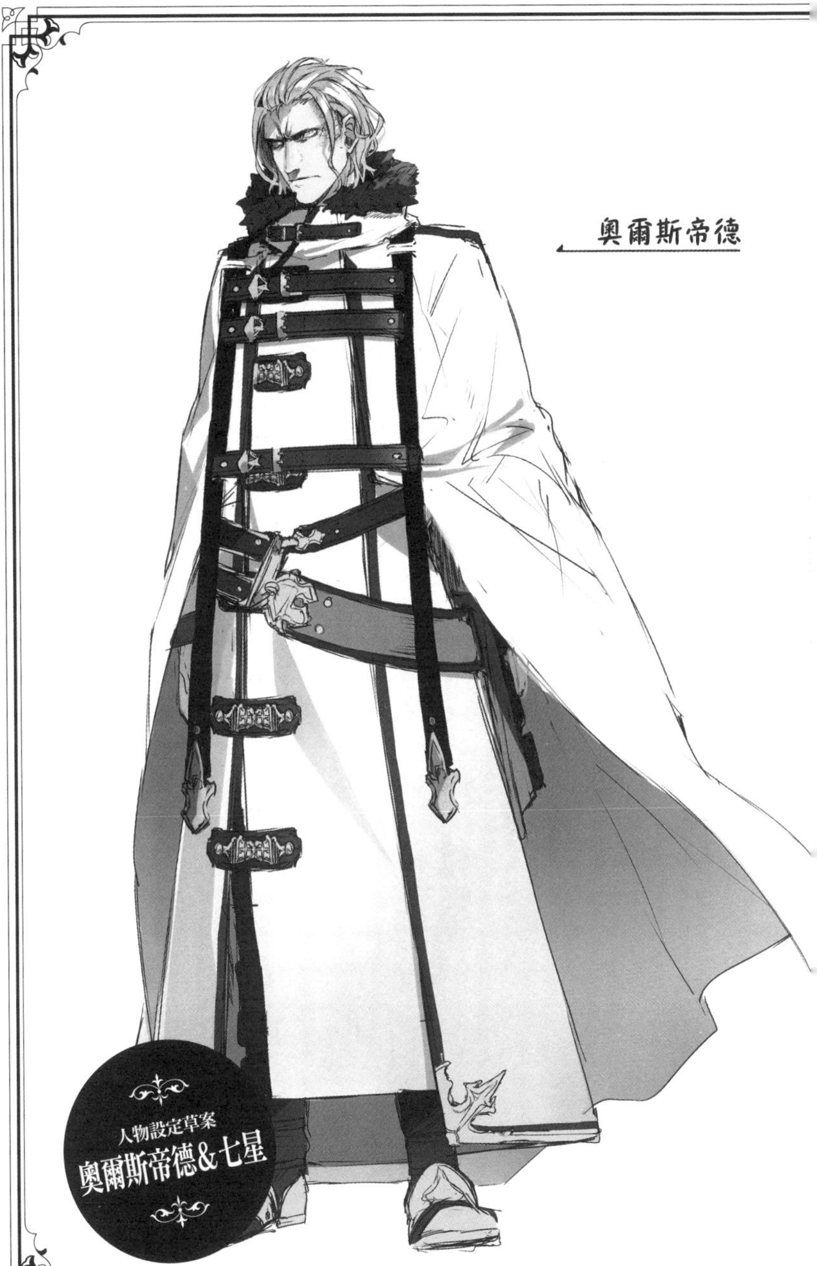
奧爾斯帝德
人物設定草案
奧爾斯帝德&七星

阿托菲拉托菲

老魯迪烏斯

魔技科的劍士與召喚魔王 1~14（完）

Kadokawa Fantastic Novels

作者：三原みつき　插畫：CHuN

劍×魔法的浩大校園戰鬥物語，
在此迎來完美無瑕的終結時刻！

一樹在亞特蘭提斯島上勢如破竹，蕾梅進而將所羅門王的威勢賦予王者一樹，而他與掀起神話戰爭的瓦西雷歐斯．瓦西雷翁的最終決戰也於焉開打——！不僅獨攬美櫻、輝夜等寵姬魔法使和日本騎士團，甚至囊括各國王者的愛，羈絆之王在此火力全開！

各 **NT$180~220/HK$50~73**

西野～校內地位最底層的異能世界最強少年～ 1 待續

Kadokawa Fantastic Novels

作者：ぶんころり　插畫：またのんき▼

榮獲「這本輕小說真厲害2019」第6名！
異能世界最強，校內地位最弱的空轉戀愛喜劇!!

西野五鄉，他是業界首屈一指的異能力者。這位在室男在準備校慶時發現了青春時光的尊貴。凡庸臉西野一改過去淡白的人生志向，為了交個正點的女朋友歡度高中歲月，卻不得其門而入……（附贈異能戰鬥）。

NT$250/HK$83

爆肝工程師的異世界狂想曲 1~13 待續

Kadokawa Fantastic Novels

作者：愛七ひろ　插畫：shri

歷經波折總算完成攻略迷宮的準備，
竟然遇上意想不到的恐怖敵人!?

夥伴們完成升級與裝備強化，佐藤一行人終於準備正式攻略迷宮。不過他們一如往常在途中東摸西晃，有時蓋座溫泉旅館，有時推動探索家學校，還在王都成立商會。總算來到「試煉之間」，要挑戰「樓層之主」時，在場卻出現意想不到的恐怖敵人……!?

各 **NT$220~280/HK$68~93**

國家圖書館出版品預行編目資料

無職轉生：到了異世界就拿出真本事 / 理不尽な孫の手作；羅尉揚譯. -- 初版. -- 臺北市：臺灣角川, 2019.04-

冊；　公分

譯自：無職転生：異世界行ったら本気だす

ISBN 978-957-564-849-7(第14冊：平裝). --
ISBN 978-957-743-145-5(第15冊：平裝)

861.57　　108001917

Kadokawa
Fantastic
Novels

無職轉生～到了異世界就拿出真本事～ 15

（原著名：無職転生～異世界行ったら本気だす～ 15）

２０１９年８月22日　初版第１刷發行
２０２４年４月２日　初版第８刷發行

作　者：理不尽な孫の手
插　畫：シロタカ
譯　者：陳柏伸

發　行　人：台灣角川股份有限公司
總　監：呂慧君
總　編　輯：朱哲成
設計指導：陳晞叡
印　務：李明修（主任）、張加恩（主任）、張凱棋

發　行　所：台灣角川股份有限公司
地　址：１０４台北市中山區松江路２２３號３樓
電　話：（02）2515-3000
傳　真：（02）2515-0033
網　址：www.kadokawa.com.tw
劃撥帳戶：台灣角川股份有限公司
劃撥帳號：19487412
法律顧問：有澤法律事務所
製　版：巨茂科技印刷有限公司
ＩＳＢＮ：978-957-743-145-5